G000088694

Né en 1962, Antoine Choplin a étudié l'économie mathématique et exercé quelques métiers où il était conseillé de porter la cravate. Il aime les échecs, la guitare, le piano. Et la montagne, la moyenne et la haute, et tout ce qui se cache derrière et que l'on découvre une fois au sommet.

Aujourd'hui, il partage son temps entre l'écriture et l'action culturelle, à Grenoble, où il vit.

Il est notamment l'auteur du *Héron de Guernica* et de *La Nuit tombée*.

Antoine Choplin

RADEAU

ROMAN

La fosse aux ours

TEXTE INTÉGRAL

ISBN 978-2-7578-3548-7
(ISBN 2-912042-61-5, 1re édition)

© La fosse aux ours, 2003

(1940)

Il franchirait la Loire à Saumur. Emprunterait le même pont chargé d'enfance. C'était cette route-là aussi, vers le Berry de ses grands-parents, des premières vacances, des cousins éloignés et des courses de brouette, des cerises trop mûres bouffées par les oiseaux.

Quand il y pense, Louis.

C'est le soir déjà. Il conduit depuis bientôt trois heures. N'éprouve aucune fatigue.

Pourtant, il y a eu le chargement, interminable, depuis les dépôts sarthois de Louvigny, Chèreperrine, Aillières et La Pelice. Le plan « hirondelle », appliqué à la lettre. Deux jours et deux nuits, presque sans pause. De l'emballage, des centaines de caisses passées de main en main, les obligations à peine compatibles de rapidité et de minutie.

Les Allemands pas loin, on ne sait pas exactement où. Partir au plus vite, les plus gros camions d'abord, vers d'autres destinations plus au sud.

Plus tard enfin, allez, vas-y Louis et bonne route. Et téléphone pour nous dire.

La lumière tombe.

Il faudra bientôt envisager la nuit. Dormir quelques heures quand même, vers Mirebeau ou Vouillé.

Le camion ronronne sans discrétion mais avec une belle régularité. La cargaison calée désormais, et bien arrimée, ne brinquebale plus. Louis a l'esprit vagabond. Il goûte cette fuite, surtout pour sa dimension collective. Ça lui prend le ventre, tous ces camions partis ensemble sur les routes avec leurs trésors, comme les salves d'un feu d'artifice. Et lui, comme l'une d'elle.

Il grignote un peu des victuailles préparées par les filles des Musées nationaux. Pâté, biscuits secs, fromages, bouteille de rouge. Il est heureux, Louis. Il a fait un bon bout de chemin. Demain soir, il devrait être rendu. Après, il n'y aura qu'à attendre les instructions.

*

Nuit noire. Noire et claire, douce. L'été quelque part dans l'air.

Sur la route plate et rectiligne, les phares du camion portent loin dans la voûte sombre des arbres.

Devant, il y a une silhouette.

Celle d'une femme qui marche.

À trois ou quatre kilomètres pourtant, au-delà de Neuville, le dernier village.

Le camion qui approche et la femme qui marche, toujours pareille, le long de cette route droite, vers minuit, dans la même posture, la tête inclinée vers le devant. Aussi, des longs cheveux dénoués. Elle ne se retourne pas. Ne se cache pas non plus. Elle est là, tout près maintenant, dans la lumière du camion. Elle ne demande rien, n'adresse aucun signe. Elle est pieds nus, avec ses chaussures à la main. Correctement habillée.

Louis hésite. S'arrêter ou non. En temps normal, oui bien sûr, stopper, se tendre vers la portière droite, l'entrouvrir et, sans descendre, proposer de l'aide ou juste un bout de route.

Mais là, avec sa mission. Les consignes strictes. Ne prendre aucun risque. Et surtout, personne à bord.

Il a freiné. Puis remet un coup d'accélérateur. Roule comme ça deux ou trois cents mètres.

Et puis non. Se range un peu sur le côté, laisse le moteur en marche, attend la femme. Il vérifiera que tout va bien pour elle. Une simple question qu'il posera d'une voix enjouée, facile. Quant à elle, rien ne l'empêche de marquer une pause avant d'arriver à la hauteur du camion. Louis comprendra bien, s'en ira.

Des secondes, des minutes. L'embarras, la peur de susciter la peur, la tentation de repartir.

La femme enfin, son visage indiscernable, à hauteur de la vitre qu'il a baissée. Louis, trop vite, est-ce que tout va bien, c'est une drôle d'heure pour pratiquer la marche à pied. Elle ne répond rien. Le silence s'éternise. Évidemment, maintenant, il faudrait lui proposer de monter, de la déposer quelque part. Elle, toujours rien. Enfin, juste une main qui saisit la portière. Comme pour un soutien, soulager ses jambes.

Il faut dire quelque chose. Vous arrivez du village, de Neuville ? Elle souffle, non pas vraiment. Où allez-vous ? Nulle part. Vous vous promenez alors, vraiment, c'est ça ?

Elle ne répond pas. Elle dit j'ai faim. Et puis très vite, est-ce que je peux monter un instant. Il lui bredouille que oui, bien sûr.

Elle s'assoit, remet ses chaussures après s'être frotté la plante des pieds.

Et il lui donne un morceau de pain avec du pâté, et du fromage.

Elle mange un peu, dit merci.

Lui, il cherche à voir son visage, mais la lumière des phares n'y suffit pas.

La voix d'une femme jeune. Une voix vaille que vaille, à la musique étrange.

Elle exhale des odeurs de forêt peut-être, de Poitou, d'air du dehors, de pas grand chose d'elle-même.

Elle a fini de manger ce que Louis lui a donné. Elle ne dit rien, se tient immobile, le regard droit devant.

Louis, en essayant le badinage : alors qu'est-ce qu'on fait ? Où qu'elle va la petite dame ? Elle a répondu : là, devant. Lui, sérieusement, vous savez, quand je vous ai vue, je m'apprêtais à m'arrêter pour la nuit, histoire de dormir un peu. Elle a dit : c'est une bonne idée. Lui : mais et vous ? Elle a dit moi aussi, je crois que ça me ferait du bien de m'arrêter un peu.

Non mais, moi, je pensais dormir quelques heures dans le camion, juste comme ça. Elle : oui, j'avais bien compris. Eh bien, si cela ne vous ennuie pas, j'aimerais bien, moi aussi, dormir quelques heures dans le camion, juste comme ça.

Après tout.

Louis pense c'est curieux comme elle dit les choses. Comme elles apparaissent soudain isolées de leurs motifs, de leur nécessité. Dénuées de toute intention, de toute stratégie. Comme ça n'est plus si important tout à coup, d'élucider, de tout comprendre.

Il n'y a qu'à vivre, passer par ces instants. Rencontrer une femme sur la route, lui donner un bout de pain, sentir sans savoir les méandres d'un destin, partager la nuit avec elle. Une nuit de guerre. Une nuit comme ça, entre un homme et une femme dans un camion, sur la banquette d'un camion, avec juste la promesse des heures sombres à traverser ensemble.

Il est exalté par cette chose simple, aussi humaine. Envie irraisonnée de lui dire à elle, tout de suite. Renonce. Regarde tout cela en silence.

La question de la cargaison.
Trop tard de toute façon. Réfléchira.
Il dit juste : je vais trouver un coin. Et il redémarre.

*

Forcément, Louis a posé quelques questions quand même, doucement. La femme est restée lointaine, non, elle n'avait plus faim, pas froid, besoin de rien. Calée, immobile, contre la portière.

Louis a pensé à la cargaison. Il a décidé qu'il ne dormirait pas. L'air de rien, il a même fourré les clés du camion dans sa poche, on ne sait jamais.

Il s'est garé un peu à l'écart de la route, en lisière de bois.

Il fait très noir.

Louis boit quelques gorgées de vin, au goulot. Vous en voulez ? Non merci.

C'est drôle comme tous deux ont parlé de besoin de repos. À présent, ils semblent veiller, obstinément.

Passe une heure, peut-être.

Louis pense qu'elle pleure, maintenant, sans pouvoir vérifier. Il n'a même plus de mot pour appeler sa voix à elle et vérifier comme ça, au son de la voix.

Il a remonté sa vitre. Celle de la femme est restée ouverte. La nuit s'y engouffre, ses sons, sa fraîcheur, ses odeurs de mouillé. Louis a froid, n'ose rien dire. Même pas enfiler son tricot qui doit traîner là au milieu d'eux, de peur qu'elle ne soit assise sur le bout d'une manche et que tout devienne soudain trop compliqué.

Louis se dit le temps s'écoule rapidement. C'est juste parce qu'il y a l'espoir que porte la minute à venir. Quelque chose qui se produirait, qui se dirait. Juste un mouvement peut-être. Lui sait maintenant qu'il ne brisera rien de ce silence entre eux, d'aucune manière. Ce sera à elle de le faire. Mais rien ne

14

presse. Il n'y a plus d'embarras. De l'exaltation plutôt, joyeuse et contenue, dans l'attente de ce petit fait dont on ne sait s'il sera insignifiant ou si les destins en seront bousculés.

Une deuxième heure.

Louis pense il y a quelque chose d'écrit. Tous les convois organisés depuis plusieurs semaines, avec dans chaque camion, deux personnes. Lui avec Raymond. Et puis au moment de partir, Raymond qui explique que non, désolé. Sa mère en train de mourir. On se consulte. On commence par en chercher un autre, par dire qu'on n'enfreindra pas les règles établies, deux par camion. Et puis il insiste Louis, avec sa connaissance de la mécanique et des moteurs. Le petit camion de la maison Aget, même en cas de pépin, il pourra le réparer seul, en toutes circonstances. Et avec le temps qui presse, le directeur du département des peintures qui finit par dire oui, on risque le coup.

C'est comme ça que Louis est le seul conducteur de camion à n'être pas accompagné. Un camion de taille moyenne, c'est vrai, mais quand même.

Enfin maintenant, il y a cette femme.

À nouveau, pour Louis, cette envie de parole. Sauf que tout ce temps de silence accumulé la rendrait incongrue. À moins de trouver quelque chose d'à la fois indispensable et anodin, qui sonnerait bien juste comme attention où vous mettez vos pieds, c'est plein de cambouis. Pas trop d'idées, Louis. Il sait que le sommeil le guette pas loin. Tout se mélange un peu, l'étrangeté de la situation du moment, un plaisir vague, un peu de peur aussi, son chargement miraculeux, Saumur traversée tout à l'heure de justesse, déjà dévastée par l'aviation italienne. Tous ces gens sur les routes. Quand même, quel con ce Mussolini. Venir détruire jusqu'ici les traces de la Renaissance conçue du côté de ses pères voilà des siècles. Enfin, de ses pères.

La femme a bougé. Maintenant, elle est de profil, le visage un peu tourné vers Louis, les genoux ramenés sur la banquette, les deux mains sur son ventre. Cet élan vers lui qu'il ressent soudain n'est peut-être qu'une vue de son esprit. Il réajuste à son tour sa position, comme pour manifester que oui, il entend cet élan. Non, il ne dort pas. Oui, il aimerait qu'elle lui dise quelque chose. Son nom, par exemple. Jamais, il n'oserait lui demander. En se calant à la portière, Louis s'est éloigné d'elle, ce qui l'autorise à tourner plus franchement la tête dans sa direction. Louis pense qu'elle a les yeux ouverts et qu'elle a cessé de pleurer.

Il n'y aurait pas grand-chose à faire pour qu'elle glisse jusqu'à sa poitrine, qu'il enroule un bras autour d'elle. Ils s'endormiraient comme ça. Il semble à Louis qu'ainsi ils n'auraient vraiment plus besoin de se parler, que tout serait dit.

Louis, il n'osera rien.

Il est gagné par le sommeil. Ça l'inquiète à cause de sa cargaison et de la présence de la femme.

C'est vrai que s'il pouvait la serrer dans ses bras.

La fatigue, des images en vrac.
Saumur en cendres.

La femme en marche sous la voûte des arbres.
À la portière, son visage en absence.

*

Je m'appelle Sarah.

Elle a parlé dans un chuchotement mais, pour Louis, cela fait l'effet d'un hurlement. Son cœur qui bat. Il dormait. La femme, Sarah donc, est restée de profil, tournée vers lui. Elle ne s'est pas rapprochée, ni éloignée. Elle a dit je m'appelle Sarah sans autre intention que d'informer Louis de son prénom. Une sorte de politesse. En parlant, elle ne s'est pas redressée.

Sarah, ça lui plaît à Louis. Il le lui dit.

C'est beau Sarah.

Elle : vous ne dormez pas ?

Lui, menteur : non. Je prends juste un peu de repos. Je vais d'ailleurs bientôt repartir. J'ai encore beaucoup de route.

Où allez-vous ?

Dans le sud. Assez loin.

Les voilà tous les deux embarrassés de tant de mots prononcés. Ils respirent. Le silence se réinstalle doucement.

Durant ce temps, quelque chose change. Dehors. La nuit peut-être, qui faiblit. Dans une lenteur infinie tant de fois répétée, la promesse de lumière s'organise.

Ils guettent. Les arbres se découpent. Bientôt, ce seront les visages.

Moi, c'est Louis. Je m'appelle Louis.

Elle fait : ah oui.

Et ils regardent les arbres.

Après un long temps, elle dit : je vous préviens, mon visage est triste. Sûrement un peu sale aussi.

Louis dit : votre voix aussi, elle est triste. C'est une voix un peu à l'abandon on pourrait dire. Du coup, forcément, on se prépare à un visage triste. À l'abandon. Ça empêche pas.

Tous les deux, ils fouillent dans les mots dits. Ça empêche pas. Il pouvait pas finir par abandon, Louis, alors il a dit ça empêche pas. Mais du coup, c'est presque trop fort. En plus, avec les arbres qui se découpent.

C'est maintenant qu'il fait le plus froid.

Vous n'avez pas froid avec votre vitre ouverte ?

Oui, un peu.

Elle la remonte.

Louis dit : il va bientôt faire jour.

Oui.

Ça sonne comme un glas. Jusqu'à l'aube, on laisse faire l'enchantement, celui des pauses consenties, des temps suspendus. Quand le jour se sera levé, il faudra se remettre en marche avec le monde. Se dire, s'expliquer, décider sans doute.

*

Je dois rouler, dit Louis.

En attendant une parole de la femme, il consulte la carte au moyen d'une lampe torche.

Je ne peux même pas vous déposer à Poitiers. Je vais passer plus à l'ouest, par Lusignan.

Elle finit par dire oui, bien sûr. Et puis après : je me sens mieux, je vais continuer à pied. J'aime marcher.

Louis éteint la lampe, et regarde la femme, sans détour. Désormais, il peut discerner les contours de son visage. Les traits fins et anguleux autour d'un regard qui échappe encore.

Vous n'allez pas marcher seule maintenant. Il ne fait même pas jour. Pourquoi ne voulez-vous pas me dire où vous allez ?

Elle lui répond que c'est pas qu'elle ne veut pas. C'est juste que je ne vais nulle part. Ou plutôt, je n'ai nulle part où aller.

Vous fuyez les Allemands ?

Non, enfin, pas plus que ça.

Un temps.

Louis : vous vous baladez, quoi. Comme ça, sans but. C'est tout de même curieux… Et vous venez de loin ?

Elle se redresse d'un coup. Passe la main dans ses cheveux mi-longs et défaits.

Vous ne comprenez pas… C'est vrai que vous ne pouvez pas comprendre. Je vais descendre.

Elle ouvre la portière.

Louis demande : alors, je ne peux rien faire pour vous aider ?

Non, merci, vous êtes gentil Louis.

Elle descend du camion. Se retourne vers Louis, dit au revoir Louis. Elle claque la portière. Et puis plus rien. Elle a dû passer vers l'arrière.

Louis abaisse sa vitre, passe le coude et la tête entière. Lance : au revoir, vous êtes vraiment sûre…

Aucune réponse. Aucun bruit de pas non plus, rien.

Louis met pied à terre, se dirige vers l'arrière du camion.

Elle est là, étendue sur le sol.

Sans connaissance.

*

Louis roule en direction de Poitiers. Pas d'autre solution. Il faut déposer la fille en lieu sûr, son état doit réclamer des soins.

Il a fait avec les moyens du bord, Louis, pour qu'elle revienne à elle. L'a prise dans les bras, allongée sur la banquette du camion, la tête un peu surélevée, les jambes aussi. L'a couverte de sa veste, lui a passé sous les narines le flacon d'alcool de menthe en répétant doucement Sarah, Sarah.

Quand elle a ouvert les yeux, il a été saisi par son regard enfin là, enfin consenti par les lueurs de l'aube. Regard lointain et reconnaissant, regard d'énigme, impénétrable.

Et vivant. Si vivant. Ça l'a ému, ce regard, Louis, avant même de le rassurer. Du coup, il a dit quelque chose comme ah, voilà des yeux qui font plaisir à voir. Et puis, il lui a pris sa main en sandwich entre les deux siennes, doucement, en lui demandant comment vous sentez-vous. Elle a répondu d'un sourire et d'un hochement de tête. Lui : vous êtes malade ? Elle, un autre hochement de tête pour dire non. Lui : quand même, c'est pas normal de tomber comme ça d'un coup. Vous feriez bien de voir un médecin.

Elle a murmuré : vraiment, ça va aller, je crois, maintenant. Lui : oui, vous m'avez déjà dit ça, et puis après, vous tombez dans les pommes. Elle a souri. Il l'a trouvée belle. Lui : vous connaissez quelqu'un à Poitiers ? Elle a dit que non.

Et puis, il l'a aidée à s'installer aussi confortablement que possible. A mis le moteur en route. Il a dit : de toute façon, on y va.

Il a roulé vers l'est, avec de la lumière à naître derrière l'horizon.

Cinq ou dix minutes, et la fille endormie.

Il reste une heure à peine à Louis pour téléphoner à Chambord, signaler sa position, conformément aux consignes. Impossible d'avouer qu'il s'est dérouté. Pour une fille, en plus. Il ne voudrait pas avoir à mentir non plus, Louis. Non, le mieux, c'est foncer à Poitiers, déposer la fille, se remettre sur l'itinéraire prévu, téléphoner. Voilà, il a juste le temps. Si la fille va mieux, elle descendra à l'entrée de la ville. Soulagement à l'idée de se retrouver seul, avec le seul souci d'accomplir sa mission.

Vous devriez reprendre votre direction. Regardez tous ces gens sur la route. Vous allez être retardé. Faites demi-tour, vraiment, ce n'est pas la peine d'aller à Poitiers. Je vais tout à fait bien maintenant, c'est promis. Et si vous voulez bien, je vous tiendrai compagnie quelque temps. Mais d'abord, nous pourrions nous arrêter quelque part et prendre un petit déjeuner. J'ai faim. Et au fait, merci pour tout à l'heure.

La fille venait de parler d'une voix assurée, presque amusée. En regardant Louis bien franchement.

Lui, il a donné plusieurs coups d'œil assez courts vers elle, en alternant avec la route, par sécurité.

Vous n'êtes pas très facile à suivre, dites donc, il dit. Elle rigole, dit : tenez, là, vous pouvez facilement faire demi-tour.

Louis fait demi-tour. C'est vrai qu'il est content à l'idée de rejoindre l'itinéraire prévu. Mais bon. Et la fille.

Vous savez, Sarah, je ne peux pas vous garder avec moi. C'est pas facile de vous expliquer, mais je ne peux pas. Je préfère continuer seul.

Elle : peut-être que l'on peut quand même prendre un café.

Un café chaud, et le téléphone.

Oui, d'accord, dès que nous aurons rejoint la route d'Angoulême.

*

Louis se rassoit en face de la fille qui dévore des tartines de pain couvertes d'une épaisse couche de confiture orange.

Il a pu joindre Jacques par téléphone. Il lui a indiqué que tout se passait normalement, qu'il avait franchi la Loire sans encombre. Jacques lui a confirmé sa destination. Le dépôt de Talmont. Il y serait accueilli par une équipe déjà mise en place par René et André. On l'attendrait en fin de journée. Bien sûr, il n'avait rien dit à propos de la fille.

De son comptoir, le cafetier, un vieil homme moustachu, commente la progression des Allemands sans rien en savoir. En sirotant son café brûlant, Louis ponctue une litanie de scénarios hypothétiques par de rares murmures.

La fille redemande des tartines.

Ça fait plaisir de vous voir manger comme ça, dit Louis.

Il est six heures et demie, et le soleil lance ses premiers rayons à l'horizontale. À travers la fenêtre, ils accrochent les cheveux brun clair et mal coiffés de la fille, la peau blanche de son cou.

Son regard à elle passe incessamment de Louis à tout ce qui garnit la table. Se consacre à l'absorption des aliments disposés là, avec de temps en temps une œillade vers Louis, comme une excuse.

Louis termine sa tasse.

Et maintenant, qu'est-ce que vous allez faire ?

Comme il jette de fréquents coups d'œil vers le camion garé juste devant, la fille lui demande s'il a peur que son camion s'envole.

Le cafetier en profite pour glisser que ces moteurs sont inusables et que son gendre s'y connaît en moteurs.

Louis repose la question de ce qu'elle va faire maintenant.

Elle, elle se redresse, s'essuie la bouche, pose ses deux mains sur son ventre. Demande :

Où allez-vous exactement ?

Vers le sud, dans le Lot. Mais vous savez, comme je disais.

Le cafetier disparaît dans l'arrière salle.

J'ai très envie d'aller vers le sud, avec vous.

Écoutez Sarah, c'est impossible, je suis désolé.

Elle dit vous savez, c'était un malaise passager. Tout va bien maintenant.

Lui : ce n'est pas la question.

Elle : alors, vous n'appréciez pas ma compagnie.

Non, ce n'est pas ça.

Alors, pourquoi ?

Louis hésite, regarde le camion.

Elle demande : c'est à cause de ce que vous transportez ? C'est précieux ? Ou peut-être illégal ?

Louis soupire. Je préférerais que vous ne posiez pas de question sur ce sujet.

Pourquoi cette moitié d'aveu plutôt qu'un franc mensonge. Il eût été facile d'inventer n'importe quoi.

Ses yeux ont étincelé.

Moi aussi, je transporte quelque chose de précieux.

Elle caresse son ventre doucement, avec ses deux mains.

*

Ils reprennent la route. Après tout, se dit Louis. C'est vrai, les consignes. Sécurité, discrétion. Mais après, il y a les événements comme ils se présentent. On l'avait bien dit. Et là, c'est à chacun de faire avec, avec son bon sens et la débrouille.

Et puis la présence d'une femme à bord, c'est pas si mauvais. Ça détourne forcément un peu le regard. Ça met un peu d'innocence dans les choses. Alors bon, va pour le sud.

Avant de mettre le contact, Louis avait demandé : mais les voyages, dans votre état. Elle lui avait répondu de ne pas s'inquiéter.

Dans le silence de ces premiers kilomètres, il plane comme du bonheur à prendre, parmi les campagnes de coquelicots et de bleuets, arrosées par la lumière du matin. Ce sera une belle journée, chaude.

Elle se déchausse, pose ses pieds nus sur ses mocassins. Louis se dit qu'on pourrait la traîner dans la boue, cette fille, sans lui ôter sa grâce. Une sorte de noblesse dans les postures choisies, les inflexions de voix. Noblesse à peine échappée, et irréductible, malgré le dénuement, cette ignorance de tout apprêt, les cheveux à l'abandon, les traits fatigués.

Louis se met à chantonner au hasard.

Elle, elle regarde le paysage, plutôt vers sa droite, détournant la tête. Elle dit quelque chose que Louis ne comprend pas. Il se tait, lui demande si elle a dit quelque chose. Elle répète : je disais c'est curieux.

Tu parles que c'est curieux. Le camion, la cargaison inestimable, la femme à côté, porteuse de vie et tellement inconnue, la guerre, les coquelicots avec le soleil dessus.

Louis rigole un peu. Dit qu'en effet il y a parfois de drôles de circonstances.

Elle : non, enfin oui, bien sûr, vous avez raison, mais moi je pensais juste au bruit que fait le moteur de votre camion.

Pourquoi, vous vous y connaissez en moteur ?

Elle dit que non, pas du tout.

Il dit que tout va normalement, que c'est un véhicule à la mécanique fiable.

Le silence se réinstalle, mais c'est maintenant un silence de parole imminente. Louis voudrait questionner la femme. En même temps, il hésite par crainte des termes contractuels de l'échange. Mot contre mot, secret contre secret. Partir peut-être, simplement, de ce qu'elle lui a consenti jusqu'à présent.

Il demande : et alors, il est pour quand ce petit ?

Pour l'automne. Novembre.

Le père est mobilisé, c'est ça ?

Non.

Du silence, à part le moteur. Elle ajoute : il est juste parti.

Louis, désolé.

Elle continue, légère : oh, ça fait déjà plusieurs semaines.

Et du coup, vous vous retrouvez seule, cet enfant sur les bras.

Elle dit qu'en tout cas, pour l'enfant, c'est la plus belle chose qui lui soit jamais arrivée.

Mais le père. Vous le reverrez ?

Non. Ce n'est pas prévu.

Elle regarde Louis, éclate de rire. Toujours cette grâce. Le sourire de Louis, par contagion.

Soudain, il prend un air affairé pour dire : je ne sais plus où j'en suis. Elle s'étonne, forcément. Il explique.

Non, c'est un peu idiot. Mais j'ai la manie de compter les buses posées sur les piquets de clôture. Je crois que j'en étais à dix-sept, mais à cause de vous, j'ai dû en rater quelques-unes. C'est fou, toutes ces buses.

Il devine qu'elle hésite à le moquer. Finalement, elle demande : vous aimez les oiseaux ?

Il dit que oui, beaucoup. Je les espionne souvent. Je les jalouse encore plus. C'est sûrement un peu malsain.

Elle : mon père aimait beaucoup, enfin aime beaucoup les oiseaux aussi. Il a essayé de m'en apprendre sur le sujet. Sans beaucoup de succès. Je me souviens de la légende du roitelet, je pourrais encore reconnaître le chant du pinson des arbres et du pouillot véloce. Celui-là, je m'en souviens bien parce que mon père nous disait qu'il distribue les cartes en sifflant. Par paquets de sept ou huit.

Louis approuve d'un hochement de tête. Imite le pouillot. Dit : il est mélancolique, le pouillot. C'est sans doute un triste.

Elle : là, une buse.

Lui : vingt et une.

*

Après quelques villages traversés, presque déserts, celui-ci est au contraire en pleine effervescence. On charge des véhicules, on discute fort, on pointe des directions du bras, on ferme des volets, on se passe des bouteilles.

La guerre, les Allemands, Louis se dit. Avec la fille, ils n'en ont rien dit ensemble. Ce doit être à cause des coquelicots.

Il dit : il y a du mouvement, par ici. Peut-être des gens qui partent vers le sud, comme nous.

Attend un commentaire qui ne vient pas. Il voit qu'elle a fermé les yeux.

*

J'ai dû dormir longtemps.

Louis sursaute.

Vous en êtes à combien, pour les buses ?

Louis répond quatre-vingt-seize.

Vous avez l'heure, Louis ?

Il est onze heures trente.

Vous n'êtes pas trop fatigué ?

Non ça va, et vous comment vous sentez-vous ?

Bien. J'ai dormi. Après un temps, elle ajoute : j'étais partie loin.

Où étiez-vous, lui demande Louis.

Elle hésite avant de dire : je ne sais pas très bien au juste. Quelque part où tout était un peu sombre et entrelacé. Je crois qu'il y avait votre camion et aussi un chariot en bois de mon enfance.

Louis a dit que c'est vrai, les rêves sont souvent des lieux pour les entrelacements.

Elle demande s'il va faire une pause pour le déjeuner. Il dit qu'il préfère rouler mais qu'il y a de quoi manger dans la musette qui est là et qu'elle peut se servir si elle veut. Elle dit que ça va pour l'instant.

D'un coup d'œil vers elle, Louis voit à quelques mèches de cheveux humides qu'elle a transpiré dans son sommeil. Elle a le rouge aux joues, les lèvres asséchées.

Où sommes-nous ?

Quelque part au nord de Périgueux. Vous pouvez regarder la carte, si vous voulez.

Elle : vous préférez prendre des petites routes.

Ce n'est pas tout à fait une question.

Et vous, votre sommeil vous a-t-il porté conseil ?

Elle dit qu'elle ne comprend pas.

Je veux dire sur votre itinéraire. Le vôtre.

Elle répond en s'amusant : oui et non. Et puis après : je sais juste que je suis contente de m'éloigner.

Vous éloigner d'où ?

De l'endroit d'où je viens. Enfin, disons de mon père et de ma mère.

Comme Louis ne dit rien, elle continue : décidément, je ne m'habitue pas à ce bruit de moteur.

Louis rigole.

Elle dit que dans pas trop longtemps, elle aura besoin d'une petite halte, avec quelques arbres pas loin, si possible.

Louis dit que dès qu'elle voit un endroit qui lui convient.

*

Il a stationné en lisière d'un petit bois. Elle s'est enfoncée parmi les arbres. Louis a coupé le contact. Pas plus mal de laisser la mécanique au repos quelques minutes. En consultant la carte, il se réjouit du chemin accompli. Si tout va bien, il sera rendu en fin d'après-midi. Allez, va pour un quart d'heure de pause.

Quand elle le rejoint, il a disposé sur l'herbe éparse une vaste serviette avec dessus, le reste des provisions. Il lui propose de s'asseoir en s'adossant au tronc d'un chêne dont la base est garnie de mousse. Elle fait comme il dit. En grignotant, ils se félicitent de ce coin, avec l'ombre des arbres et même un peu de fraîcheur. Surtout, ils se taisent. Par intermittence, leurs regards se croisent et alors, ils marquent un bon sourire. Elle a presque replié ses jambes sous elle, sa robe dévoilant les genoux.

Et Louis, touché soudain par ce vertige. Son voyage, sa mission, ce qu'il transporte dans son camion, ce pique-nique à l'orée de ce bois avec cette fille surgie. Avec exaltation, il demande :

Pour vous, Sarah, c'est quoi les choses qui comptent dans la vie ?

Elle le regarde. Pose son morceau de pain. Elle dit c'est curieux comme question.

Et puis : c'est curieux de dire dans la vie parce que je ne vois rien d'autre qui compte vraiment que la vie elle-même. Tout le reste, on dirait que c'est juste de l'agitation. Vous n'avez pas cette impression, des fois ?

Louis répond qu'on peut parfois s'agiter pour des causes vitales.

Elle dit que c'est bien ça, dans ce cas c'est la vie seule qui compte.

Mais vous savez, Sarah, ce qui semble de l'agitation, comme vous dites, aux uns, est peut-être vital pour d'autres.

Elle dit que c'est une idée bien compliquée. Qu'on est tous pareil devant la vie. Qu'on est vivant ou mort, c'est tout.

Il lui dit qu'il n'y a pas que la vie des biologistes.

Elle : je me demande.

Il dit que ce n'est qu'une porte vers tout le reste.

Elle se demande si tout le reste n'est pas qu'une vaste construction. Et que d'ailleurs, elle ne voit pas une porte mais plutôt une route. Une route que l'on négligerait. Bref, qu'il faut commencer par envisager la vie.

Et elle rit soudain de ses propres mots avec une main devant la bouche.

Elle s'excuse : vous savez, quand je me laisse aller, parfois, je ne sais plus trop ce que je dis.

À son tour, Louis lâche prise avec la conversation. Il laisse échapper, presque dans un murmure : j'aime bien comme vous êtes.

Et tout de suite : vous avez assez mangé ?

Oui, merci Louis.

Il a tout remballé. On va reprendre la route.

Ils remontent dans le camion. Louis tire le démarreur. Une fois, deux fois, trois fois. La même plainte vaine du moteur, s'affaiblissant chaque fois un peu plus.

Louis dit que bien sûr, c'était trop simple.

*

Après un coup d'œil rapide sous le capot, il a déroulé au sol une peau de chamois graisseuse contenant les outils. S'est mis au travail calmement, sans un mot.

Elle, elle a commencé par l'accompagner, se tenir à proximité. Elle a dit qu'elle n'y connaissait rien. Il a répondu ça va aller. Après, elle a fait quelques pas plus loin, est revenue s'asseoir contre le chêne, sur la mousse.

Louis examine et bricole quelques pièces démontées. Souffle, nettoie. Remet en place. Essaie de relancer le moteur. Sans succès. Et puis recommence.

Au bout d'un long temps, il se relève en se frottant les mains. Il dit : c'est l'alternateur, il est foutu. Une vraie malchance. On avait tout vérifié.

Elle se lève, le rejoint. Il la fixe, et à voix basse : si je me souviens bien, il y a un village pas loin.

Il prend la carte dans le camion, la consulte. S'approche d'elle, lui montre.

Oui, c'est bien ça, là. Nouaille. C'est même assez gros. D'ici, il doit y avoir sept ou huit kilomètres au maximum. Avec un peu de chance, c'est une pièce assez courante.

Elle : vous allez y aller à pied ?

Louis reçoit la question en pleine figure. Reprend contact avec la situation, la vraie. Comme si, insidieusement, les heures passées ensemble avaient fait de la fille une complice. Comme si les silences avaient tout raconté de sa mission et que tacitement, elle en avait accepté les règles.

Non. Je vais aller nulle part.

Elle l'interroge en plissant le front.

Écoutez, Sarah, je ne peux absolument pas, en aucun cas, quitter ce camion des yeux.

C'est à cause de ce qu'il transporte, n'est-ce pas ?

Il ne dit rien.

Elle demande ce qu'il y a dedans.

Louis hésite. Il lui doit un peu de vérité, c'est sûr. Juste choisir les mots. Mais elle, avant qu'il ait parlé :

Vous voudriez que j'y aille, jusqu'à votre village.

Lui ne répond rien. Elle continue.

Comment feriez-vous si je n'étais pas là ?

Tout de suite, il dit : j'attendrais.

Qui ? Quoi ?

Lui : que l'on vienne me chercher. Ça prendrait du temps, ça entraînerait des risques, mais il n'y aurait rien d'autre à faire. Du reste c'est peut-être ce que nous allons faire.

Pour Louis, la perspective est inquiétante. Trop. Il doit lui dire. Elle l'aidera. D'ailleurs, il a confiance en elle, depuis qu'elle a parlé de son père et de sa mère.

Je transporte des tableaux, Sarah. Des tableaux de peinture je veux dire, d'une valeur inestimable. Ils viennent du musée du Louvre et je suis chargé de les mettre à l'abri dans un château du Lot.

Et il dit quelques mots de l'opération, les autres camions, son compagnon qui n'a pas pu venir.

Elle semble déçue : ah bon, c'est ça.

Louis lui fait face.

C'est tout ce que ça vous fait. Attendez, venez avec moi.

Et il l'entraîne par le bras, vers l'arrière du camion. Fait jouer les loquets, ouvre grandes les portes.

Il désigne de grandes caisses plates et d'immenses toiles roulées et empaquetées. Il dit et voilà, Uccello, Fra Angelico, Mantegna, Delacroix, Le Caravage et j'en passe. Cela vous suffit ?

Et il referme les portes du camion, précipitamment.

Elle se tait.

Lui, doucement : qu'est-ce que vous en dites ?

Elle, avec détachement : et que voudriez-vous que je fasse ?

Vous pourriez aller jusqu'au village. Sans compter qu'il y a des véhicules qui passent de temps en temps.

Il hésite avant d'ajouter : une femme seule, quand même.

Elle : et après ?

Eh bien, une fois au village, trouver un garagiste ou quelqu'un pour nous dépanner. Il vous ramènera ici. Je vais vous écrire tout ce qu'il faut pour la pièce. Vous n'aurez qu'à lui montrer.

Elle demande si elle ne trouve pas.

Dans ce cas, vous serez dans un village, avec sûrement un endroit où loger plus confortable qu'un camion. Vous avez un peu d'argent ?

Elle fait signe que oui.

Et puis, il dit : à moins que vous ne préfériez revenir là de toute façon.

Un convoi de trois voitures passe.

Elle dit : bon, eh bien j'y vais.

Il lui passe une musette autour du cou, avec des biscuits secs et de l'eau parce qu'il va faire chaud. Il lui fait des recommandations de discrétion absolue sur le chargement, lui dit qu'il a confiance en elle. Alors qu'elle commence à s'éloigner, il la suit sur quelques pas en lui proposant de dire, si besoin est, qu'elle aime marcher et que lui est resté parce qu'il est plus utile qu'elle pour essayer de réparer le camion.

Elle ne dit rien.

Il s'arrête. D'une voix forte, il dit : et merci, hein.

Elle ne se retourne pas.

Il la regarde lentement disparaître le long de la route, là-bas au creux d'une courbe douce.

- II -

Au début, Sarah marche d'un bon pas. Dans son allure, il y a un peu de rage sourde contre lui, et ses tableaux, sa façon de dire. Il y a aussi une sorte d'exaltation, celle d'aller dans une direction, vers un objectif. D'être à nouveau reliée au monde. C'est différent de la marche des jours d'avant, où ne comptait que la conquête d'éloignement, l'arrachement au seul repère du point de départ.

Aux quelques voitures qui la dépassent au ralenti, deux ou trois, elle n'adresse aucun signe.

La route épouse au mieux la douceur des reliefs, au moyen de pentes et de courbes gracieuses. Son dessin suscite pour le marcheur une curiosité incessante de ce qu'il y aura plus loin, et que rien ne trahit avant qu'on le découvre.

À droite, un chemin carrossable s'échappe vers une ferme que l'on devine au loin. Sur un panneau posé-là, il est inscrit Nouaille 5 km. L'affaire d'une heure, peut-être un peu plus.

*

Elle a bien dû s'écouler cette heure pourtant, se dit Sarah. Au sommet de la côte, elle s'arrête à nouveau. Voudrait l'ombre mais à cet endroit, la campagne est nue. Au devant, le ruban de mauvais goudron continue à serpenter, sans laisser pressentir le moindre village.

Allez, tant pis. Elle vide sa gourde d'eau.

Louis doit être assis contre le chêne, sur la mousse.

Elle se dit que c'est une colère d'enfant. Affectueusement, elle en demande confirmation à son ventre, avec ses deux paumes posées dessus, hein que c'est une colère d'enfant.

Elle se remet en route. L'étourdissement la prend presque tout de suite. Ses pieds brûlants dans les mocassins, ses jambes qui peinent à la porter. Elle s'assied par terre, dos à la route. Le front se pose sur la main ouverte. Le regard sur les coquelicots se brouille un peu. Je suis endurante pourtant. Si seulement ce soleil pouvait s'arrêter de cogner comme ça.

La tête s'abandonne sur les genoux repliés contre la poitrine.

*

Un bruit de moteur. Une voiture, dans la côte. L'envie forte de la laisser aller. De ne pas se montrer. D'accomplir le chemin seule, sans aide.

Mais son ventre, vivant.

Sarah se redresse, agite la main, rassure d'un sourire. La voiture s'arrête à sa hauteur. Les vitres sont grandes ouvertes. Côté passager, une jeune femme au visage inquiet. Au volant, un homme plus vieux, son père peut-être. Sur la banquette arrière, trois enfants, les yeux écarquillés. Deux matelas sanglés sur le toit.

Sarah parle de promenade, de chaleur trop forte. Si vous pouviez me faire un bout de route jusqu'au village.

Quel village.

Le prochain. Nouaille. À deux ou trois kilomètres.

Essayez de vous glisser derrière avec les enfants, si vous trouvez de la place.

Les enfants se serrent. Rassemblent divers objets sur leurs genoux à la demande de la femme, des jouets, des boîtes à chaussures, une caisse de nourriture. Sarah prend place, tire la portière, dit merci beaucoup. L'homme redémarre.

Les enfants la dévisagent. Le plus petit des trois, un garçon demande : t'as pas de voiture, madame. Sarah dit que non, et que, heureusement, lui il en a une, qu'elle le remercie de bien vouloir la prendre dedans.

Il continue : moi, mon père, il est à la guerre et il est pas mort.

La femme devant se retourne et dit Raymond, ça suffit maintenant.

Le garçon : et toi, ton père il est pas mort ?

Sarah lui sourit sans rien dire. La femme devant hausse le ton, tu as entendu ce que je t'ai dit.

L'enfant se tait. Là-bas, un clocher noir.

L'homme demande si c'est ça le village. Sarah dit que oui. Il a ajouté qu'elle avait eu une drôle d'idée d'aller marcher en pleine chaleur. Elle a dit qu'elle ne s'était pas rendu compte.

La voiture atteint Nouaille, entre deux rangées de platanes. Sarah dit laissez-moi où vous voudrez, tenez là, près de la fontaine, ce sera très bien.

Il fait comme elle a dit. Elle s'extrait de la voiture, entend le garçon qui demande pourquoi elle vient pas avec nous chez pépé la dame. Elle remercie, et bonne route. Et au revoir les enfants.

Dès que la voiture a passé le virage, elle pose la musette, se penche à la fontaine, boit l'eau plusieurs fois recueillie dans le creux de ses mains. Inonde son visage brûlant.

Elle se souvient de l'alternateur, et de Louis assis sur la mousse du chêne. Elle remonte la rue vers le clocher noir parmi les maisons qui se resserrent. Devant l'une d'elles, une femme occupée à son jardin minuscule lui indique qu'il y a un garagiste à la sortie du bourg, sur la route de Limoges, mais que ma pauvre à cette heure-ci, vous trouverez personne. Elle lui recommande d'aller au bar des Platanes, à cent mètres à peine, qu'on pourra sûrement la renseigner. Et : une femme qui tombe en panne d'automobile, tout de même, ça on peut dire.

*

Sarah pousse la porte du café. Les pièces d'un carillon s'entrechoquent.

À l'intérieur, deux tables sont occupées par des vieux qui jouent silencieusement aux cartes. Trois hommes sont accoudés au bar. L'un d'eux se tient à l'écart, se consacrant tout entier à son verre ballon. À l'entrée de Sarah, les deux autres interrompent leur conversation. La patronne, une grosse femme, apparaît derrière le comptoir en s'essuyant les mains.

En posant le bout des doigts sur le zinc, Sarah dit : on m'a conseillé de venir ici, que vous pourriez peut-être me renseigner.

Les vieux lèvent le nez. La patronne interroge du regard, sans un mot. L'un des hommes au bar, presque chauve, rigole un peu.

Elle explique. La panne à six ou sept kilomètres, son… mari resté là-bas pour tenter de réparer, certainement un problème d'alternateur. Elle questionne pour le garage, sur la route de Limoges.

La patronne lui dit que pour le garage, faut pas espérer trouver quelqu'un avant quatre heures et encore quatre heures c'est pas dit. Et puis que c'est pas tout près quand même. Bien trois kilomètres, hein Paulo.

Paulo confirme.

Paulo, c'est pas le chauve, c'est l'autre, avec un teint mat et des cheveux en brosse.

Derrière le bar, une pendule marque deux heures et demie. Les vieux se remettent dans leur partie de cartes. La patronne dit asseyez-vous un moment, vous avez l'air fatiguée. Qu'est-ce que je vous sers.

Sarah choisit une table, s'assoit, commande un sirop à l'eau. La patronne revient avec un verre et une carafe. La dévisage un instant. Lui demande si ça va aller. Sarah fait signe que oui. La patronne dit qu'en attendant elle peut se reposer derrière. Elle désigne une porte. Il y a même un lit dont on ne se sert plus. Vous serez au calme. Il y fait frais. Alors si vous voulez. Parce qu'avec tous ces kilomètres sous la chaleur.

Les deux du bar n'ont pas lâché Sarah des yeux. Le chauve vide son verre d'un trait, s'approche en boitillant. Il se met à parler fort : peut-être qu'on peut essayer de le trouver. Christian, je veux dire. Pas vrai, Paulo ?

La patronne dit que Christian, c'est le garagiste.

Paulo ricane : il fait la sieste chez sa jeunette, à cette heure.

Tous les deux rigolent avec des commentaires sur Christian qui a toujours été un chaud lapin et qui sait profiter de la vie, guerre ou pas guerre, boches ou pas boches.

La patronne dit ah bon si vous savez où le trouver. N'avez qu'à le ramener ici. Il aura droit à son petit blanc.

Mais le chauve : moi, m'est avis que le blanc, ça suffira pas. Hein, Paulo. Alors que si la petite dame nous accompagne. Alors là. Hein Paulo.

La patronne proteste vous voyez bien qu'elle a besoin de repos. Sarah engloutit d'un coup la moitié de son verre, se lève en disant non, ça va aller, je vais aller avec eux. Vous savez, plus tôt tout cela sera réglé.

La patronne bougonne comme vous voudrez, c'est vous qui voyez. Retourne derrière son bar. Le chauve dit que pour le sirop de la petite dame, ce sera pour lui. Allez, à plus tard Lucienne, et le carillon. Sarah se retourne, cherchant à saluer la patronne. Mais Paulo, en la suivant de près, la presse vers l'extérieur. Son haleine est mauvaise.

*

Les deux ne disent plus rien. Ils traversent la rue. Montrent une voiture à Sarah, lui demandent si elle lui plaît. Le chauve s'installe au volant en disant qu'elle est toute neuve. En riant, il dit tiens, Paulo, t'as qu'à aller derrière, hein Paulo. Allez-y ma petite dame. Et mettez-vous bien à l'aise. Y'a quand même un petit bout de route, hein Paulo.

Elle demande : il est au village le garagiste ? Le chauve répond oui oui, pas loin.

Elle : parce que sinon, je préfère attendre ici.

Paulo dit que ça fera une occasion pour voir un peu le coin. T'as qu'à passer par le moulin.

La voiture démarre dans un à-coup. Paulo dit que ça se voit qu'il y en a sous le capot. Et le chauve : ça tu peux le dire.

La voiture s'enfile à travers des petites rues ocre. Le chauve a mis le coude à la fenêtre. Il demande à la petite dame si ça va, si elle est pas belle la voiture. Sarah dit que oui.

Ils passent devant le panneau Nouaille rayé de rouge. Après quelques centaines de mètres, une petite route à droite qui descend raide avec des virages serrés. Vers le bas, la rivière se laisse deviner. Juste avant un pont étroit, le chauve engage la voiture vers la gauche, sur un chemin à peine carrossable. Ils dépassent deux pêcheurs solitaires, posés à l'ombre des saules.

Paulo demande si c'est pas joli, le coin. Elle dit que c'est très joli. Elle demande si c'est encore loin, le garagiste.

Le chauve dit : vous inquiétez pas pour le garagiste. Nous, on va vous montrer le moulin.

Après un instant, Sarah dit qu'elle préférerait aller chez le garagiste, directement.

Paulo dit que ce ne sera pas long. Que ça vaut le coup d'œil.

Elle : peut-être mais vous savez, mon camion est en panne, avec mon mari qui doit s'inquiéter. Alors s'il vous plaît.

Le chauve dit tenez ma petite dame, on y est.

Les ruines d'une bâtisse haute et carrée apparaissent entre les arbres, au bord de l'eau. Il arrête la voiture. Dit : venez jeter un coup d'œil. Il descend, fait le tour, ouvre la portière. Allez, faut pas se faire prier. Sarah proteste, qu'elle l'a bien vu, le moulin et que maintenant, on peut y aller. Paulo a rejoint le chauve. Il s'esclaffe : avec deux beaux gars comme nous, quand même.

Elle fouille les alentours du regard. Il n'y a personne.

Elle dit : vous êtes saouls.

Ils rigolent. T'entends ça, Paulo.

Paulo dit qu'elle a raison, mais que ça empêche pas.

Le chauve arrête soudain de rire. Il la saisit au bras. Allez, viens, sors de cette voiture. Il l'arrache au siège. Elle veut fuir. L'autre lui bloque le passage.

Le chauve dit qu'elle a du tempérament, qu'elle doit aimer ça, hein Paulo.

Elle est debout contre la voiture.

Paulo dit allez, t'as pas envie de t'amuser un peu avec nous. Il doit y avoir de belles choses sous cette petite robe.

Le chauve commence à mettre les mains. Elle se débat, sans crier. Il dit que c'est une garce. Tu vas me l'enlever cette robe, ou tu préfères qu'on s'en occupe nous-mêmes.

L'autre la maintient comme il peut pendant que le chauve tente en vain de déchirer la robe depuis l'encolure. Ah tu vas voir, tu vas aimer ça. Il change de prise, retrousse la robe depuis le bas. La remonte jusqu'au-dessus des seins. Elle tente de mordre.

Regarde moi-ça. Vise-moi ces petits nichons si c'est pas beau.

D'une main, le chauve commence à se libérer de son pantalon. Elle s'est mise à hurler. L'autre lui écrase la bouche de la paume.

Il relâche soudain son emprise.

Le chauve se met à gueuler : mais qu'est-ce que tu fous, tu la tiens ou quoi.

Mais l'autre n'y est plus. Ses yeux hagards sont posés sur le ventre.

Il dit : attends, là. Regarde un peu.

Tiens-la, merde.

Mais l'autre, attends, je te dis. Tu vois pas qu'elle est engrossée.

Le chauve : mais non, c'est juste des rondeurs. Et puis même, on s'en fout. Ça empêche pas. Tiens-la que je te dis.

D'un bras libéré, elle frappe le chauve au visage. Son nez se met à saigner, il y porte les mains en répétant : la garce. L'autre s'est écarté. Elle s'échappe en courant, dans la direction du pont aux pêcheurs. Elle entend le chauve qui dit : rattrape-moi cette garce. Et l'autre : ça va, arrête tes conneries. Elle est engrossée je te dis.

Et puis plus rien qui parvienne jusqu'à elle.

Elle court longtemps, la vue brouillée. Sans se retourner, avec l'espoir des pêcheurs.

*

Les pêcheurs n'ont pas bougé. Assis sur leur pliant, ils scrutent immobiles la rivière silencieuse et régulière.

Sarah brise l'élan qui l'emporte vers eux. Elle s'arrête, à bout de souffle, à quelques dizaines de mètres. S'appuie contre un arbre, la tête à l'intérieur du coude, une main sur le ventre. Ose le regard en direction du moulin. Chemin désert, pas de bruit de moteur non plus.

Elle s'assied à terre, le regard perdu dans les buissons d'aulnes. Elle ne pleure pas. Elle se sent vide. La peur elle-même cède peu à peu, laissant à la pensée un espace pour l'absence. Les choses qui s'arrêtent. Le monde éteint. Tout le vivant disparu, et elle avec. Pour restant, des matières inertes aux formes incongrues. Avec, quand même, comme un souffle dans du feuillage. Et les empreintes de la tempête quelque part, partout.

Plus rien sur le chemin. Veiller sur les pêcheurs.

Elle pivote sur le flanc et vomit de longs filandres de liquide clair. Elle ne voit pas qu'un des pêcheurs, le plus proche, se retourne vers elle. Ses mains ne quittent plus son ventre.

Le pêcheur s'est approché, laissant sa canne à l'eau. Il lui demande si elle a besoin d'aide. Elle ne le regarde pas, dit que non. Le pêcheur hésite un instant. Puis retourne.

Elle le regarde reprendre place sans grâce sur son pliant. Elle regrette d'avoir dit non. Elle sait pourtant que c'est trop tôt pour dire autre chose que non, à quiconque. Qu'il lui faut d'abord s'abandonner à l'observation trouble des aulnes du bord de l'eau. Y consacrer plusieurs minutes en respirant bien.

*

Une femme à vélo s'est arrêtée sur le pont. De là, elle parle au pêcheur qui lui fait signe de baisser le ton à cause des poissons. La femme fait signe que zut avec tes poissons. Alors qu'elle s'apprête à repartir, le pêcheur lance un coup de tête pour désigner la fille derrière, assise toute seule.

À vélo, la femme rejoint Sarah. Elle s'agenouille à côté. Elles se regardent. Longtemps, sans prononcer de parole. De temps à autre, Sarah baisse les yeux mais presque aussitôt, est rappelée vers le visage de la femme. Celui d'une paysanne peut-être, buriné, tranquille, soucieux du temps à accorder aux choses.

Comme Sarah a regardé en direction du moulin, la femme fait pareil. Une lueur cinglante apparaît à ses yeux plissés.

Au bout d'un temps, elle dit à Sarah : allez, venez avec moi.

Sarah se lève, la suit.

Et puis : vous n'êtes pas blessée ?

Sarah répond que non.

Vous allez venir chez moi. Je crois que vous avez besoin d'un peu de repos.

Sarah se dit que oui, chez elle, dans une maison avec des murs et cette femme à côté. Oui.

Elle dit pourtant : non, je ne peux pas. Je dois me rendre au garage sur la route de Limoges. Est-ce que vous pourriez m'y accompagner ?

Comme la femme proteste, le garage ce sera pour plus tard, vous avez d'abord besoin de calme, Sarah raconte la panne, son ami qui l'attend, qu'il faut dépanner, c'est très important.

La femme finit par dire d'accord pour le garage, c'est pas très loin en remontant par le raccourci, mais seulement à la condition que vous acceptiez de venir vous reposer ensuite chez moi. Vous savez, après, les hommes pour ces histoires de mécanique, ça se débrouille, ils n'ont pas besoin de nous.

La femme reprend son vélo à la main. Toutes les deux, elles passent derrière les pêcheurs. L'un d'eux se retourne vers elles, glisse à la femme un sourire d'approbation avant de tendre à nouveau le cou vers la rivière.

Elles prennent le pont, puis un sentier qui monte raide sous les bois. La femme dit : ne vous inquiétez pas, il y a deux cents mètres et après on rejoint la route. Le garage sera juste là. Elle consulte sa montre et dit qu'à cette heure on devrait trouver quelqu'un.

*

Le garage est en bordure de route, écrasé de chaleur. Les deux femmes se frayent un chemin entre des voitures garées serrées, rejoignent une petite porte vitrée. Elles entrent.

Un homme aux ongles noirs téléphone en prenant des notes sur un carnet.

Quand il raccroche, il demande c'est pour quoi.

Sarah explique, lui tend le papier griffonné par Louis.

Le garagiste dit que ça on peut dire que c'est votre jour de chance, j'en ai récupéré un ce matin de ce modèle d'alternateur. Je vais quand même vérifier.

Il disparaît quelques instants. Revient avec la pièce dans les mains.

Et voilà le travail. Il n'attendait que vous. Bon après, faut que ce soit bien l'alternateur qui cloche. Vous savez, avec ces moteurs-là, on ne sait jamais trop.

Sarah demande : vous allez pouvoir y aller, alors ?

Comme il hésite, Sarah lui dit qu'elle a de l'argent, qu'elle peut payer d'avance.

L'homme aux ongles noirs dit que ce n'est pas le problème, mais qu'il doit attendre son mécano qui sera là dans une heure ou deux. Qu'il ne peut pas laisser le garage sans personne, vous comprenez.

Bien sûr qu'elle comprend. Dès que vous pourrez.

La femme au vélo dit au garagiste : je suis la femme à Léon Burdet, sous l'église. Vous voyez ?

Le garagiste dit que oui, Léon, bien sûr.

Elle continue : la jeune femme va venir chez moi en attendant. Si vous pouvez le dire à son ami quand vous irez.

Il dit comptez sur moi.

Une fois dehors, la femme a demandé à Sarah si elle aurait la force de marcher. Une petite demie-heure, jusqu'à la maison.

*

La femme dit : la maison est fraîche. Elle pousse la porte d'entrée. D'une étagère dissimulée derrière un rideau, elle attrape un plaid qu'elle pose sur les épaules de Sarah.

Elles grimpent un escalier en pierre aux marches érodées en leur milieu. En haut, il y a une grande pièce, avec une vaste table, un poêle à bois et des bocaux en verre, disposés partout.

La femme dit : asseyez-vous. Je vais vous préparer une boisson de ma spécialité. Tenez, commencez par prendre un sucre ou deux.

Sarah dit non merci.

Prenez, je vous dis. Faut pas se laisser aller.

Sarah croque mollement un morceau de sucre.

La femme apporte une bassine d'eau, avec une éponge. Elle déboutonne la robe de Sarah, dans le dos, la fait tomber jusqu'au ventre. Elle dit : allez-y, débarbouillez-vous. Ça vous fera du bien. C'est rien pour l'eau, vous savez, ça sèche vite avec ces chaleurs.

Sarah s'asperge longuement le visage d'eau tiède. Ce besoin de tout laver, de bien nettoyer.

La femme pose une serviette propre.

Ça fait du bien, pas vrai. Voilà et après, vous me boirez ça. Et sans rien laisser.

Sarah se sèche, réajuste sa robe. Regarde la femme en saisissant le verre. Elle avale quelques gorgées du liquide couleur terre, au goût d'amande et de citron.

La femme : allez, buvez tout. C'est que du bon. Ça nous vient de la mamé.

Sarah vide le verre.

La femme : alors ?

Sarah sourit.

La femme dit : bien. Maintenant, vous allez vous allonger. Vous n'avez rien de mieux à faire en attendant votre ami, n'est-ce pas. Venez.

Au milieu du grand couloir à droite, deux ou trois marches menant à une porte. Derrière, une pièce sombre, à plafond haut. Un lit, aux montants en fer ouvragé.

La femme tire le couvre-lit.

Elle dit : voilà, reposez-vous.

Sarah dit merci.

En rejoignant la porte, la femme se retourne et ajoute : soyez tranquille, je ne quitterai pas la maison.

Sarah se dit que c'est curieux. Comme cette femme prononce toujours les paroles espérées, comme elle rompt si bien le silence nécessaire.

*

Des bruits de voix.

Et puis des pas qui résonnent, sans doute dans le couloir. S'arrêtent juste derrière la porte. On chuchote. La poignée tourne doucement. Sarah se redresse.

La tête qui se faufile dans l'embrasure est celle de Louis.

La femme est derrière lui. Elle dit : vous avez bien dormi. Elle entrouvre les rideaux. Une lumière douce se pose partout. Aux yeux à peine déssillés de Sarah, la chambre apparaît toute autre que celle dans

49

laquelle, un peu plus tôt, elle a sombré dans le sommeil. Les silhouettes naguère insolites des objets, des meubles, parfois étranges jusqu'à la menace, retrouvent soudain leur inertie bonhomme. Le béret accroché au montant d'une chaise, le lé de tapisserie décollé vers la moulure du plafond, le modèle réduit d'un trois-mâts posé sur le marbre de la cheminée, la petite amphore à même le sol, près de la fenêtre. Juste ça.

La femme quitte la pièce, surtout n'hésitez pas si vous avez besoin de quelque chose.

Louis s'approche un peu, se tient debout à côté du lit.

Elle lui demande l'heure qu'il est.

Il est six heures et demie.

En se frottant les yeux, elle articule à peine : vous avez laissé votre camion sans surveillance.

Lui, sérieusement : il est garé là, juste en bas, dans la rue.

Sarah dit : méfiez-vous quand même. On ne sait jamais.

Louis : vous vous moquez.

Elle ne dit rien. Après un temps, il continue.

Merci pour ce que vous avez fait. C'est un sacré coup de main. Merci vraiment.

Et puis il demande comment elle se sent.

Sarah ne répond rien.

Il la regarde. Il approche une chaise, s'assied à côté d'elle. Il parle doucement.

Écoutez Sarah, je sais. Je sais ce que j'ai fait, ce que je vous ai demandé. À vous qui portez un petit dans votre ventre, je sais, vous me l'avez dit, je ne l'ai pas oublié. Que vous avez dû avoir chaud sur la route. Et après, demander aux gens, tout ça. Et puis, vous m'avez sûrement imaginé tranquille, allongé à l'ombre du camion, un brin d'herbe entre les dents, à attendre sans rien faire. D'ailleurs, vous avez eu raison, ça s'est passé comme ça, c'est vrai. Et tout ça pour des choses qui ne vous concernent pas. Alors bien sûr, c'est normal.

Après, il a ajouté à voix basse : enfin, qui ne vous concernent pas, après tout j'en suis pas si sûr.

Sarah reste silencieuse, une main sur les yeux, l'autre sur le ventre.

Louis aussi se tait.

Elle se dit qu'il en a fini avec les mots convenus, nécessaires peut-être, et que maintenant il peut s'égrener, ce silence avec ses prémices, tendu vers un basculement ou l'autre.

Depuis ses paupières closes posées contre la paume, elle emplit l'espace des souffrances traversées. Elle sait déjà qu'elle n'aura pas de mots pour elles. Juste ce souffle-là. Qu'il soit reçu est pour elle, à cet instant, la chose la plus importante au monde. Ou, plus exactement, la condition même de l'existence d'un monde autour d'elle.

Voilà. Plus qu'à attendre cette parole à venir au bout de ce silence. Ce ne pourra être que celle de Louis.

Au mur, la ligne d'ombre a continué à cheminer. Jusqu'à dépasser le tableau champêtre accroché au-dessus du guéridon, jetant le voile sur ses couleurs déjà ternies par le temps.

Sans un mot qui soit prononcé.

Juste la main de Louis posée sur le bras nu de Sarah, celui qui se prolonge jusqu'au ventre.

Vous voyez. Il nous faut ce temps. Je veux dire, il nous faudrait encore de ce temps. Enfin, pour nous rejoindre, peut-être.

Il a parlé d'une voix mal assurée.

C'est le *vous voyez* qu'elle préfère. Et puis aussi les mots incertains, bredouillés.

Sa main gauche libère son visage, se cale derrière la nuque. Les regards se trouvent.

Elle dit ça va aller, l'incitant peut-être à éloigner sa main. Aucun ne bouge pourtant. Elle les devine tous deux à l'écoute de ce petit consentement charnel.

Elle dit : vous devez être attendu.

Il dit que oui, bien sûr. Qu'on doit commencer à s'inquiéter. Qu'il a essayé de téléphoner, que la ligne ne passe pas.

Elle : alors, vous allez repartir maintenant.

Il a dit que oui. Et après : enfin, je crois que je ne veux pas vous laisser. Il a demandé : est-ce que vous vous sentez la force de venir avec moi ? C'est à deux heures de route. Je crois qu'on pourra s'arranger pour vous héberger, au moins quelques jours. À moins que bien sûr.

C'est Sarah qui poursuit : à moins que vos tableaux ne prennent toute la place.

Louis proteste doucement : non, je veux dire à moins que vous ayez une autre idée.

Elle va lâcher prise, la main de Louis supportée par son corps entier tendu vers elle et maintenant, de ce fait, endolori.

Elle dit : vous savez, je ne suis jamais allée dans un musée.

La main a glissé, à l'abandon sur la couverture. Elle reste là, à portée de frémissement.

Louis dit que oui, les musées, évidemment. C'est une drôle de chose, les musées. En fait, une sorte de trahison. Quand on pense à toutes ces œuvres façonnées dans la solitude, souvent créées dans le dénuement, sans souci les unes des autres, et qu'on retrouve là, les unes à côté des autres, accrochées dans ces salons d'apparat à haut plafond, au parquet bien lustré. Les musées, ce devrait être les ateliers d'artistes, avec leur vraie lumière, avec les chiffons salis et les odeurs de vernis. Alors là.

Elle demande si c'est son métier, les musées ou les ateliers d'artistes, comme il veut.

Il répond que oui. Qu'il travaille à la Conservation des peintures et dessins. Qu'il écrit aussi, enfin avec d'autres, une histoire de l'art moderne. Que pour l'instant, bien sûr, c'est un peu au point mort.

Elle : c'est pour ça que vous ne savez pas réparer les camions.

Il dit qu'elle est un peu injuste. Qu'on ne fabrique pas un alternateur comme ça, pffuit.

Il rigole un peu et puis : j'aimerais que vous racontiez quelque chose de vous.

Sarah : vous oubliez votre camion.

Louis en convient. Reprend un air soucieux.

Elle dit qu'il faut y aller. Qu'elle va venir avec lui.

*

53

Après, il y a eu la terrine de lièvre à laquelle même Sarah a fini par goûter sous les yeux pressants de la femme. Le retour du pêcheur du pont, qui s'est attablé avec eux sans prononcer un mot. Le verre de vin rouge, l'assiette de reines-claudes. Le voisin rapportant la varlope, avec un commentaire sur les Allemands à Paris et nous ici, c'est aussi bien. Le pot de confiture glissé par la femme dans la musette de Sarah à son insu, le sourire reconnaissant de Louis. Le regard de Sarah vers la femme, à la recherche de la complicité d'avant la venue de Louis et que la pudeur a dû faire disparaître. La femme avec eux jusqu'au camion, leur coupant la parole par gêne des remerciements, l'important c'est que ça veuille bien marcher jusqu'au bout maintenant, remarquez vous aurez moins chaud à cette heure-ci, et à Louis : prenez bien soin de votre dame quand même. Et bonne route. Le moteur mis en marche, le regard échangé et Sarah qui dit en souriant qu'elle préfère ce bruit-là à celui d'avant, vous auriez dû m'écouter ; et Louis : c'est vrai que vous aviez dit ça.

La route, c'est celle qui tourne le dos au soleil bas et flamboyant, avec la lumière qui s'amuse à l'emphase avec les couleurs et les reliefs de la campagne. C'est celle qui chemine au mieux parmi les collines boisées, d'un village à un autre village. Celle qui fait s'éloigner des hommes et donne à goûter leur absence, avant d'en laisser à nouveau deviner la promesse.

En regardant partout autour de lui, les yeux plissés, Louis dit : il y a quelque chose de mystérieux là-dedans. Vous voyez, Sarah, on a beau faire, on ne se lasse jamais de ces lumières-là. Elles sont toujours comme neuves au regard. C'est comme si nous ne pouvions rien apprendre d'elles d'une fois sur l'autre, peut-être même pas en garder de véritables traces en nous-mêmes. Comme condamnés à une sorte de virginité des sens toujours recommencée. Enfin, condamnés, disons plutôt promis. Je me demande si quelqu'un se cache derrière cette belle fabrique à émerveillement.

Sarah replie une jambe sous elle, se tourne un peu vers Louis.

C'est drôle comme vous parlez des choses. Comme vous vous tenez à distance d'elles. Peut-être qu'on est comme ça dans les musées.

Elle rit doucement.

Moi, ce que j'aime dans tout ce décor, Louis, c'est la conviction qu'il n'y a rien entre lui et moi. Disons que j'en fais partie, que lui et moi nous ne faisons qu'un. Et que toute cette lumière, c'est moi qu'elle éclaire, c'est à moi qu'elle se dédie. C'est à moi qu'elle donne toute sa place, sans tricherie avec ce que je suis pour de vrai. C'est-à-dire une femme vivante, avec la conscience de l'être, vivante je veux dire. Et ça, c'est donné disons avec mesure vous ne trouvez pas alors forcément, de ce point de vue on se sent, comment dire, précieux. Mais d'un autre côté, on est juste au milieu de tout ça comme des bonshommes minuscules sans beaucoup de maîtrise possible, par exemple comme sur cette lumière du soir. Alors voilà, on se débrouille avec ça, on trouve une petite place quelque part, entre notre grandeur et notre petitesse. C'est juste qu'avec une belle lumière, on ne peut pas mentir. Elle nous donne à voir ce que l'on est à l'instant où elle nous illumine.

Évidemment, c'est toujours différent d'une fois sur l'autre. On n'est pas des pierres. C'est pour ça, Louis, vous ne croyez pas. Et ce qui se cache derrière tout ça comme vous dites, c'est simplement nous-même. On s'émerveille de ce que l'on est, non pas que l'on s'admire bien sûr. On se découvre, nu, complexe, en mouvement. Vivant, quoi.

De l'ombre à son visage à elle. Les traits soudain à l'abandon. Louis fixe la route devant. D'une voix terne, elle lui demande s'il compte les buses.

Comme il ne répond rien, elle lui dit que, quand même, elle voudrait bien comprendre.

Il dit : au sujet des buses ?

Elle, avec une vivacité retrouvée : non, au sujet de la peinture. Parce qu'enfin, voilà. Tenez. Prenez le peintre le plus talentueux, le plus sensible, le plus tout ce que vous voulez, mettez-lui un pinceau dans la main et demandez-lui de peindre ces paysages-là. Ceux-là, ici et maintenant.

Lui : oui.

Elle : il réalise une œuvre splendide.

Oui.

Tout y est, tout est rendu.

Oui.

Mais c'est devenu un objet ! Un objet inerte. Qui ne nous concerne pas, qui nous laisse à l'extérieur, avec lequel il n'y a pas de vibration possible.

Louis dit qu'il n'est pas d'accord.

Elle : allons, Louis. Même au sens où vous en parliez, soyez sincère. Est-ce que ce peintre aura fabriqué, pour vous, de l'émerveillement ? Ce même émerveillement que vous procurent ces paysages que nous traversons.

Louis dit que non, vous avez raison, ce n'est pas le même.

Sarah : vous voyez bien.

Louis dit : vous êtes charnelle, Sarah.

Elle dit qu'elle ne comprend pas ce qu'il veut dire, et lui : je ne sais pas, c'est le mot qui m'est venu. Elle dit qu'elle ne s'intéresse pas beaucoup aux choses froides de l'esprit. Il répond que la création n'est pas une chose froide de l'esprit mais un mouvement d'instinct et que chacun partage. Elle dit que lorsque la création aboutit à des imitations forcément un peu pâles de la réalité sensible, à quoi bon.

Elle observe Louis. Son front large et clair qui se met à promettre du sérieux dans les paroles à venir.

Oui, bien sûr. C'est toute l'histoire de la peinture, cette confrontation à la réalité. Et vous avez raison, Sarah, c'est une confrontation perdante, sans espoir. Mais justement. C'est dans la dimension de ce conflit, dans cette distance inévitable, dans cette distorsion entre le réel et sa représentation que l'émerveillement trouve sa place. Et l'histoire est curieuse quand on y pense. L'histoire de cette distorsion je veux dire. Durant des siècles, on a cherché à la réduire. On a compris la perspective, la lumière, les couleurs, et, petit à petit, on s'est approché du réel visible, jusqu'à la perfection pour ainsi dire. Enfin, justement, pas tout à fait. Il manquait quelque chose. Sans doute parce que le réel sensible ne peut pas être rendu seulement par ce que l'on en voit.

Sarah saisit l'occasion : je crois que le réel sensible ne peut tout simplement pas être rendu.

Louis continue : oui, peut-être. En tout cas, dans le fond de cette impasse, la peinture a tout de même inventé la suite de son histoire de la façon la plus géniale qui soit. C'est-à-dire en faisant confiance au peintre, à l'homme charnel, celui qui vous est cher, devenu artiste créateur, en le libérant de la contrainte de la représentation au plus près, en l'invitant à choisir, et non plus à subir, sa propre distance, sensible, intime, au réel. Et pourquoi pas finalement, jusqu'à négliger tout à fait cette réalité du monde visible. Et voilà cette distorsion qui s'inverse, qui pourrait laisser croire à un repli de l'histoire mais qui prend là une tout autre valeur : celle de la création, libre, en vibration avec ce qu'il y a de plus profond en nous.

Sarah dit : en nous, je ne sais pas. Disons plutôt en eux. En eux, les peintres. Il y a peu de chance que leur paysage intérieur ressemble au mien. En ce sens, je me demande ce qu'il peut y avoir de partageable dans tout ça.

Elle pense à son paysage intérieur. Sur un carton sale, elle dessinerait un moulin au bord de l'eau. Elle aurait envie de lui montrer à Louis.

Bien sûr, dit Louis, la question de ce qu'on peut recevoir. C'est vraiment le cœur. Et il ne se produit que de loin en loin, ce petit miracle. Ce moment qu'on n'attend pas où vous sentez les coups de pinceau se caler sur votre longueur d'onde à vous et vous renvoyer à quelque chose qui semble vous appartenir, faire partie de vous. C'est une émotion, vous savez. Une émotion toute simple dans laquelle les choses de l'esprit n'ont pas grand-chose à voir. On est pris et voilà tout. Et cette plénitude-là, une fois traversée, eh bien on a juste envie de la croiser à nouveau, encore et encore. Une sorte de drogue peut-être, enfin, je sais pas. C'est pour ça en tout cas. Maintenant, je me tiens simplement aux aguets. Évidemment, on écrit, on analyse, on réfléchit sur tout ça, on se dit de temps en temps que, à irradier tellement de ces émotions auprès de tellement de regards, l'artiste marque une étape, touche peut-être à l'universel, alors on essaie de comprendre, de mettre des mots. Une sorte d'arrangement avec l'intellect, tout en compromis, avec c'est vrai une envie de le dire aux autres, d'organiser un peu de contagion. Enfin, sans trop savoir. Une envie, voilà, pas un besoin. Le besoin, la nécessité, c'est juste de veiller, de traquer cette émotion. C'est ça, me tenir aux aguets.

Et voilà, dit Sarah, vous refermez la porte sur vous et sur votre petit monde.

Il y a autre chose, dit Louis. Un autre souffle. Il y a qu'en apposant leur propre signature, en détournant le réel à la lumière de ce qu'ils sont, de ce qu'ils ressentent, ils nous invitent, je veux dire les peintres, les artistes, à le faire nous-mêmes. Et si ce n'est à le faire avec de la couleur et des pinceaux, du moins à se représenter les choses à notre manière. À refuser le contour des apparences, à en bousculer le dessin avec l'unicité de notre regard à nous. À nous tous. Vous voyez comme les portes s'ouvrent.

Sarah dit que ça, ça lui plaît bien.

Autour d'eux, la lumière s'apaise, déjà fossile. Aux flancs de l'étroite vallée parcourue, les roches sont grises et sans reliefs. Sarah n'est pas fatiguée. Les images du moulin ne la traversent que par inter-mittence. C'est à peine si elle frissonne, de l'ivresse de ces routes accomplies, de ce soir d'été qui les conduit quelque part. Louis conduit le camion avec soin et régularité.

Il dit : quand même, c'est curieux comme vous vous intéressez à tout ça. On parle de peinture alors que je ne sais rien de vous sinon que vous n'êtes jamais allée au musée, que vous ne savez pas vous-même ce que vous allez devenir. Que c'est la guerre. Vous ne trouvez pas ça étrange, vous.

J'ai juste besoin de comprendre ce que nous faisons, dit Sarah. Pourquoi nous le faisons. Ce qu'il y a dans le ventre de ce camion. Pourquoi je vais avec vous, dans cette direction. Pourquoi j'ai marché jusqu'à ce village aujourd'hui.

Louis dit que la réponse n'est peut-être pas dans la peinture.

Elle dit que bien sûr, enfin elle ne sait pas. Après un temps de silence, elle dit : moi aussi, j'ai scruté par-delà les apparences des choses. Enfin, celles de ma vie. J'ai regardé derrière le visage des gens qui m'entouraient. Moi aussi, j'ai besoin de me tenir aux aguets, être sûre que l'aube qui arrive me surprend à l'endroit même où je veux être vraiment, à côté de ceux que j'ai choisis pour de vrai. Il y a quelques jours, j'ai compris que je devais partir. Les quitter. J'ai posé mon regard à moi sur la réalité d'un père et d'une mère. Mon regard et celui de mon enfant.

Mais maintenant, dit Louis, vous n'êtes plus sûre de rien. Ni de personne.

Ces derniers jours, dit Sarah, j'ai été heureuse de me savoir nulle part. Juste en fuite. C'était ça, ma place, l'endroit où je voulais être. Peu importait où, pourvu que je m'éloigne de ce que je venais de quitter.

Et maintenant, demande Louis.

Sarah dit : maintenant, c'est déjà plus pareil. J'ai déjà besoin de regarder devant. D'aller vers quelque chose, vers quelqu'un. On doit être fait comme ça, tout au fond, avec cette nécessité-là. Le tout, c'est de garder le regard haut et clair, de laisser s'affirmer les horizons entrevus.

Après, elle ajoute : sans la connaître, j'aime votre destination et, surtout, l'urgence qu'elle a pour vous. J'ai besoin de, comment dire, butiner un peu de ça, vous comprenez.

Louis fait signe que oui, ajoute : j'aime bien comme vous parlez.

Elle détaille ses mains à lui, blanches et fines.

Elle dit : vous n'avez pas des mains de camionneur.

Il dit qu'il ne sait pas comment c'est, des mains de camionneur.

*

Il fait presque noir et Louis dit qu'ils vont arriver bientôt. Qu'elle va pouvoir se reposer.

Elle demande : est-ce que vous vous souvenez de votre première vraie rencontre avec un tableau, enfin vous voyez, comme celles dont vous m'avez parlé.

Il sourit, dit que oui il s'en souvient bien.

Et alors, interroge Sarah.

Louis dit que c'est un peu ridicule. Que c'était une copie.

Au milieu d'un virage, le camion se déporte soudain, mord sur le bas-côté de la route. Elle dit attention, Louis fait une embardée, retrouve la chaussée. Ils gardent un instant le silence, Louis dit qu'il n'avait pas vu et heureusement qu'elle lui a dit.

C'était une copie de quoi, demande Sarah.

Louis ralentit.

Il dit : mon grand-père aimait faire des copies. Il disait qu'il ne savait pas inventer, que ses natures mortes et ses paysages, il les trouvait moches. Un jour il m'a montré ce tableau, une huile, qu'il venait de terminer. Je me souviens qu'il n'était même pas sec. Je devais avoir sept ou huit ans. C'était une copie d'une œuvre célèbre de Ghirlandaio, un peintre italien du XVe siècle. Elle représentait un enfant blond dans les bras d'un vieillard dont le nez était couvert de pustules. Ça le rendait effrayant malgré la douceur de son regard. Mais surtout, c'était l'enfant. De profil, avec les yeux levés vers lui, son nez à la courbe parfaite. Ses cheveux blonds au dessin un peu naïf. Une main posée sur la poitrine de l'homme, pour l'accueillir ou le repousser. Et sa bouche. Voilà, c'était ça précisément. Sa bouche innocente d'enfant, avec le menton qui tombe un peu pour cause d'émerveillement ou de crainte, les lèvres entrouvertes pour dire sa confiance ou sa peur. Tout était peut-être là, juste dans cette impossibilité de lever le doute sur la nature des sentiments entre ce vieil homme et cet enfant. Pourtant, il me semble me souvenir d'autre chose que de cette énigme-là. Comme d'une impression de reconnaître quelque chose. D'entendre parler de moi, d'être mis en jeu avec mes tripes. Enfin, je ne sais plus trop.

À force de ralentir, le camion a presque stoppé.

Plus tard, reprend Louis, j'ai retrouvé ce tableau au Louvre, l'original cette fois. Mais là, aucun

62

miracle ne s'est produit. La peinture n'a fait qu'aviver mes souvenirs d'enfance, je veux dire d'enfant spectateur du tableau, avec le grenier de mon grand-père, ses blouses maculées, les odeurs, tout ça. Mais le charme de la peinture elle-même avait été rompu, en quelque sorte.

Il se tourne vers Sarah. Ils ne disent rien, ne discernent qu'à peine leurs visages.

Louis enclenche une vitesse, puis une autre.

*

Un peu plus loin, deux hommes agitent des lanternes en bordure de route.

Louis dit : eh bien, je crois que nous y sommes.

(1943)

- III -

Qu'est-ce qu'ils foutent, dit Hervé.

Émile, le chauffeur, ne répond rien. L'avant de la voiture pointe à peine à l'angle du mur, en haut de la côte. Juste assez pour apercevoir plus bas, à une centaine de mètres, Yvon dit le Petit, qui donnera le signal avec sa lampe torche.

L'autre voiture est plus loin encore, au pied de la montée, dissimulée entre les arbres dans un chemin de traverse.

Les nuages sombres jouent avec la lune, lui imposant des éclipses de plus en plus fréquentes. Le vent s'est levé en fin de journée. Tout à l'heure, il amènera la pluie, l'orage peut-être.

Dans l'inconfort de l'attente, on doute, forcément.

Que valent-elles, ces informations recueillies d'on ne sait où, d'on ne sait qui. Pourquoi cet itinéraire plutôt qu'un autre. Surtout que par Condat c'était plus direct. Bon, enfin, admettons. Mais ce plan d'attaque. Conçu comme un jeu de scouts. Trop simple. Et puis à poireauter tout ce temps, on va finir par se faire repérer. Et en plus les gars, on est vernis, qu'il avait dit, c'est presque pleine lune. Tu parles.

Les yeux écarquillés ont pris la mesure de l'obscurité. Mais maintenant, ils s'embuent à force de scruter le même point. Et pour chacun, la vue qui se fatigue, contraignant à des clignements de paupières, énergiques et répétés.

Le Petit agite sa torche, deux fois de bas en haut. Et il remonte en courant vers la voiture.

Ça y est, ils arrivent, dit Hervé. Vas-y, mets le moteur en marche. Et t'attends que je te dise pour avancer. Après t'oublie surtout pas de mettre pleins feux.

Le Petit les rejoint, souffle : c'est eux.

Hervé lui tend son arme, lui dit de rester là, à son poste, derrière le mur. Lui rappelle de ne pas tirer avant lui.

Juste en dessous, les deux phares du bâché apparaissent. L'allure du camion est poussive, comme prévu.

Hervé vérifie son pistolet mitrailleur, dit à Émile de se tenir prêt. Il entrouvre sa portière.

Le camion est à cinquante mètres, tout au plus. Derrière lui, une autre paire de phares sort à son tour du virage, à bonne vitesse.

Attention, c'est bon, allez vas-y. Fonce.

Émile démarre, roule une dizaine de mètres, pleins phares, face au camion. Stoppe. Hervé fait feu, couvert par sa portière ouverte. Le Petit aussi, de derrière, depuis le coin. Le pare-brise explose. Le camion ralentit, la trajectoire hésite. À droite, puis à gauche, se termine en douceur contre le mur. À vingt mètres à peine du Petit. Le conducteur affalé sur son volant, l'autre qui sort son arme. Et s'écroule à son tour, avec un râle puissant et court. C'est le Petit qui a tiré.

De sa voix de basse gouailleuse, Fernand dit de mettre les gaz.

Au volant, c'est un garçon d'une vingtaine d'années à peine que Louis n'a jamais rencontré avant aujourd'hui. Croisé peut-être de loin c'est pas sûr, il ne se souvient plus très bien. Ils sont passés le prendre en partant, à quelques encablures du village. Fernand l'a appelé Syracuse. Il n'a pas encore ouvert la bouche.

Fernand sort son arme par la portière, la tête aussi, avec une bonne moitié du buste.

Il dit : vas-y, colle-lui au cul.

Conformément aux consignes, Louis se couche sur la banquette arrière. Il entend Fernand qui dit alors, qu'est-ce que t'attends pour la tirer ta bâche.

Des coups de feu vers l'avant. C'est sans doute Hervé. La voiture freine, avec Syracuse qui se tasse au fond de son siège avant même d'avoir stoppé tout à fait. Cinq mètres derrière le camion.

Louis jette un œil. La bâche qui s'entrouvre. Ils sont deux, comme on leur a dit. Le premier boche qui pointe son arme est fauché par Fernand. Le deuxième abandonne l'arrière du véhicule en sautant de côté, faisant feu continu. Il y a Syracuse qui pousse un cri, et puis le boche à terre, et Hervé qui arrive en courant derrière lui. S'immobilise.

Soudain, le même silence qu'avant, avec seulement le vent dans le houppier des arbres.

Fernand est sorti de la voiture. Il dit à Hervé c'est bon maintenant, tirez-vous. Hervé demande s'il y a de la casse. Fernand dit que oui, le jeunot. Qu'ils vont s'arranger.

Leur voiture démarre, fait demi-tour, s'éloigne.

Louis attrape le poignet de Syracuse. Lui repose sur le ventre. Descend de voiture.

Fernand est monté à bord du bâché. Il dit à Louis : les salauds, ils l'ont drôlement amoché.

Louis monte à son tour.

L'amiral est là, sans connaissance ou peut-être endormi, affalé dans un coin. Louis allume sa lampe, la braque sur le visage déformé, ensanglanté. Les yeux, horriblement gonflés.

Fernand, allez grouillons-nous. Aide-moi à le porter.

Ils le prennent. Il se met à gémir. Ils l'installent à l'arrière de la voiture.

En montrant Syracuse, Fernand dit : et lui ?

Il est mort, dit Louis.

Allez, on l'emmène avec, dit Fernand.

Ils mettent le corps dans le coffre, sautent en voiture.

Louis s'assied au volant. Fernand demande : tu te souviens des consignes d'itinéraire. Louis répond que oui. Qu'en une heure tout au plus on sera rendu.

*

La pluie assourdissante martèle en continu les tôles du véhicule avec des sons de métal. La danse lente des essuie-glaces ne lui oppose qu'une résistance dérisoire, trop passagère.

Penché sur son volant plus qu'à l'ordinaire, Louis discerne à peine la route. Un halo de route, plutôt.

La balle qui a fauché Syracuse a brisé la vitre avant gauche. Et malgré le plastique tendu à la hâte, l'eau ruisselle en filets incessants. Louis est trempé.

À côté de lui, Fernand, son arme toujours sur les genoux, reste silencieux. À intervalles réguliers, il se retourne vers l'amiral allongé sur la banquette arrière, cherchant à distinguer son visage.

Louis pense au corps de Syracuse, dans le coffre. À la vie que l'on perd pour qu'une autre reprenne souffle. Quel sens donner au fond à ce petit commerce. L'effet d'un jeu. En nombre de vies, quelle est la valeur de l'amiral. Deux vies, trois vies, dix ? Cent mille ? Peut-être pas cent mille quand même. Alors, combien. La réponse quelque part pourtant. Entre dix et cent mille. Un amiral égale mettons 6528 Syracuse. Voilà. Tu parles d'une équation. Comme ça pourtant. Faut pas se raconter de conneries.

Louis dit : quelle connerie, pour Syracuse.

Fernand lui fait répéter, à cause de la pluie.

Non, je dis juste, pour Syracuse.

Pas eu de chance, c'est sûr, dit Fernand. Va falloir prévenir sa mère. Ce sera dur. Quand je pense que c'était son premier coup.

Louis demande : et l'amiral ?

Fernand dit qu'il ne sait pas. Qu'on pourrait s'arrêter quand même, pour voir.

Louis demande s'il bouge. Fernand répond qu'il n'arrive pas à voir. Louis arrête la voiture, dit : t'as qu'à passer derrière.

Fernand rejoint l'amiral à l'arrière. Avec précaution, il le pousse un peu pour se faire de la place. Ça fait gémir l'amiral.

Fernand dit : ça va, il tient le coup, on dirait. Vas-y, démarre.

Ils repartent.

Louis entend Fernand qui dit tiens bon, y'en a plus pour longtemps maintenant. T'es tiré d'affaire.

Fernand dit à Louis qu'il a le front brûlant.

Louis dit qu'il doit rester un quart d'heure jusqu'au château.

Un quart d'heure. Louis pense que, décidément, les équations. Il se dit que la réalité humaine de ce quart d'heure interminable, ce n'est pas d'être composé de quinze minutes. Il se souvient du paradoxe d'Aristote, qu'on pourra toujours diviser par deux la distance ou le temps restant. Sans jamais arriver à zéro.

Louis entend Fernand qui dit : je ne comprends pas. Essaie de parler plus fort.

Un temps. Puis à nouveau, Fernand : désolé, mais je n'arrive pas à te comprendre.

Cette fois, même Louis réussit à saisir les mots arrachés par l'amiral en lui-même : je n'ai pas parlé.

Fernand dit à l'amiral : ah bon. Excuse-moi. Je croyais que tu avais dit quelque chose.

Je n'ai pas parlé.

Ce qu'il veut dire. Évidemment.

Louis dit : non, Fernand. Enfin, je crois que.

Mais Fernand pose sa main sur l'épaule de Louis, lui signifiant que lui aussi, il a compris.

Et puis il retire sa main, pour aller la poser sans doute, avec reconnaissance et respect, sur le bras de l'amiral.

Les quatre virages serrés qui mènent au château. La manœuvre pour passer sous le porche étroit, le long de la chapelle.

Traverse, dit Fernand. On va le rentrer par la tour derrière. J'espère que le docteur est là.

Louis contourne la fontaine, traverse la cour. Il dit : là, ce doit être son auto. Fernand dit que c'est sûr, une auto comme ça, ce ne peut être que celle d'un docteur.

Louis se range près de la porte de la tour, arrête le moteur. De la lumière soudain derrière les fenêtres à meneaux.

La pluie a presque cessé.

*

Blottie dans les bras de Louis, Sarah dit que le temps lui a paru long. Louis murmure que c'est à cause de la pluie, et la route, difficile. Elle demande si c'était loin d'ici. Louis ne répond rien. Il lui caresse le visage.

Il dit : tu peux remonter maintenant.

Elle jette un regard vers la voiture. Fernand et le docteur sortent l'amiral en le prenant chacun sous une épaule.

Elle demande : comment est-il ?

Louis dit qu'il est un peu amoché, forcément.

La chambre de la tour est prête, dit Sarah. Marguche a pu trouver des draps.

Il l'embrasse.

73

Elle dit : bon, je vous laisse aller. Je vais réchauffer le potage. Vous devez avoir faim.

Il l'embrasse encore. Rejoint Fernand et le docteur. Attrape les pieds de l'amiral. Ils montent dans la tour, au deuxième palier. Poussent une porte.

Dans la chambre, le poêle fume un peu et rend une forte odeur de bois. La température est douce.

Ils posent l'amiral sur le lit. Le docteur plonge son doigt dans la bassine en fer posée sur les plaques brûlantes du poêle. L'eau est tiède. Il dit qu'il n'a plus besoin d'eux. Qu'il viendra leur dire. Fernand et Louis quittent la pièce.

Dans l'escalier, Louis s'arrête. Il demande : et Syracuse ?

J'ai parlé au docteur, dit Fernand. Dès qu'il en aura fini avec l'amiral, il s'occupe de constater le décès. Avec un certificat.

Et le corps, demande Louis.

Pour l'instant, on va le descendre dans la cave à vin. Après je sais pas, répond Fernand. Ce sera à sa mère de dire. Je vais aller lui causer.

Tu veux pas attendre demain matin, demande Louis.

Non. Je préfère aller maintenant.

Louis dit qu'il va l'accompagner.

C'est pas la peine, dit Fernand. Et puis, je la connais un peu, la mère. Aide-moi juste, pour le corps. Avec un peu de chance, les autres ne sauront rien.

*

Louis respire un bon coup avant de pousser la porte d'en haut.

L'odeur de la soupe, celle de tous les jours d'avant. Et le Taiseux qui se lève de sa chaise, qui vient à sa rencontre avec le regard qui interroge sans attendre de réponse. Louis lui tapote le dos. Le Taiseux se rassoit.

Et Fernand, demande Sarah.

Louis dit qu'il ne va pas tarder.

Au bout de la table, Michel-Ange se sert un verre de vin rouge. Il éructe : là voilà, notre jeunesse.

Et il vide son verre d'un trait. Le repose bruyamment sur la table. Le Taiseux pianote sur le bord de la table, avec ses gros doigts.

Sarah dit : tu ne devrais pas boire autant, Michel-Ange. Tu ferais mieux d'aller dormir, maintenant qu'ils sont rentrés.

T'entends ça, p'tit Louis, gueule Michel-Ange. T'entends ce qu'elle me cause, ta donzelle ? Ah, j'te jure. Remarque, vaut mieux entendre ça que d'être sourd. C'a jamais été un crime que d'avoir le gosier en pente, que je sache. Pas vrai, le Taiseux. Faut-y que je l'aime bien, la mignonne, tout de même.

Louis s'attable. Sarah lui sert le potage. Le vieux Michel-Ange remplit son verre.

T'en veux pas un coup, ma grosse carpe ? il demande. Le Taiseux fait signe que non. Il continue, pour Sarah, en lui tendant sa bouteille : tiens, fais passer à ton joliot. L'a bien mérité de la patrie. Hein que je me goure pas, vous en avez arrangé, du boche.

Louis garde le nez dans son assiette. Entre deux cuillerées, il dit : tu parles trop, mon vieux. Va dormir maintenant. T'as assez bu pour aujourd'hui.

Il se renfrogne, Michel-Ange. La mâchoire infé-
rieure qui avance et remonte en direction du nez,
massif. Le front bas, les rides creusées et, au milieu,
le regard à la dérive. En même temps, il inspire,
longuement. Il prend de l'air. Et aussi de l'élan.
Autour de lui, on se prépare. On connaît la suite.
Louis soulève discrètement son assiette, juste à
temps.

Vlan ! Le poing sur la table, comme une détona-
tion. Un poing de costaud. Son verre se renverse, le
vin coule. Sarah essuie aussitôt. On se tait.

Après un moment, Michel-Ange lâche à voix
basse : merde, quand je pense, tiens.

Il a couché ses avant-bras sur la table, croisé les
doigts. Il dodeline de la tête comme pour répéter que
décidément, non. Le menton s'affaisse lentement
sur le torse. Bientôt, il n'y a plus que son crâne, et
les cheveux blancs épars.

Doucement, Louis demande : et Marguche ?

Sarah explique qu'elle s'est couchée de bonne
heure, qu'elle a fait du linge toute la journée. Le
Taiseux approuve silencieusement. Sarah ajoute : et
Germain continue de relire Stendhal.

Stendhal, ironise Michel-Ange sans lever la tête.
Quelle couillonnade. Lui faudrait du Lafargue à ce
gosse, ou du Bakounine. Du Stendhal. J't'en fou-
trais, moi.

Louis renonce au fromage. Croque dans une
pomme.

Et Fernand, demande Sarah.

Il sera bientôt là, dit Louis.

Un bruit de voiture dans la cour.

C'est lui, dit Louis.

Il se lève, dit qu'il revient tout de suite.

Sarah entrouvre la fenêtre, se penche. En bas, tout est noir. Des bruits de pas. Comme un gémissement aussi, faible et presque continu, dans l'aigu. Celui d'un enfant, ou d'une femme. Elle se retourne vers le Taiseux qui a cessé de pianoter sur le bord de la table.

Sarah quitte la pièce, descend quelques marches. Louis l'attend là. La prend dans ses bras, lui demande de rester en haut. Elle dit qu'elle en a assez d'attendre, qu'elle voudrait savoir ce qui se passe. Qu'elle a entendu des gémissements.

Il lui prend la main, ils remontent les marches. Il promet qu'il n'en a que pour quelques instants.

*

À la cave, il y a le corps de Syracuse couché à même les caisses de vin, avec la mère agenouillée, le front posé sur la poitrine de son fils.

Deux bougies allumées, rendues solidaires d'une grosse barrique, grâce à la cire chaude. Des jeux de lumière informes sous la voûte de pierre. En retrait, le docteur, Fernand, Louis.

Le visage de Syracuse est figé dans l'étonnement. Un étonnement plutôt paisible, d'enfant mûr devant un peu d'inattendu. La mère continue à produire sa musique flûtée et monocorde. Douce et inextinguible.

Le docteur tend le certificat de décès à Fernand. En s'écartant un peu, il chuchote que pour l'autre, ça devrait aller. Qu'il a une vilaine brûlure au torse, qu'il reviendra demain pour changer le pansement.

Qu'il faudra quand même aller voir de temps en temps. Qu'il peut manger normalement, s'il a faim. Un gars solide, il a ajouté.

Il demande : et pour le corps ?

Il devrait être enterré demain, répond Fernand.

Le docteur, incrédule : demain ?

Fernand dit que oui, pose l'index sur sa bouche puis d'un geste il invite Louis et le docteur à quitter la cave. Ils se retrouvent dehors. La pluie s'est arrêtée.

Oui, continue Fernand. C'est le papé qui a insisté. Il l'a dit comme ça à la mère. Quand c'est fait, c'est fait, il a répété. Faut pas laisser traîner. C'était curieux, quand il disait ça à la mère. Il avait sa tête de d'habitude, sa voix de vieillard de tous les jours, tout pareil. Il y avait juste deux larmes qui coulaient de chaque côté. Et voilà.

Fernand serre les mâchoires.

Louis dit : mais il faut trouver un cercueil, quand même.

C'est ce que la mère a fini par lui dire au papé, dit Fernand. Et tu sais pas ce qu'il a répondu.

Non.

Il a dit qu'on avait qu'à prendre le sien, de cercueil. Qu'il serait toujours temps d'en refaire un pour lui, quand ce serait l'heure. Qu'il en avait assez de toute façon, de cette boîte qui l'attendait dans la grange depuis des années. Que c'était quand même un drôle de cadeau qu'on lui avait fait là. Et que d'ailleurs, celui qui l'avait fait, une sorte de brocanteur à deux sous, cousin éloigné, ça lui avait pas bien réussi. Il était parti le premier, l'hiver dernier.

Le docteur a eu un petit rire. Il dit qu'il va s'en aller. Fernand lui demande combien, il répond que non, c'est comme ça. Que c'est le moins qu'il puisse faire. Louis remercie, dit à demain.

La luxueuse automobile du docteur quitte le château.

Fernand dit : le papé m'a demandé de creuser le trou, demain. Ils vont essayer d'avoir le pasteur pour midi. Ça se fera sur leurs terres, au bout du champ, aux deux cyprès. Si tu peux venir m'aider.

Louis hésite : c'est que demain.

Oui, je sais bien, dit Fernand. Mais on pourrait y aller tôt, vers six heures. C'est l'affaire d'une heure ou deux.

D'accord, dit Louis.

De retour dans la cave.

La mère se tient debout à côté du fils, les bras ballants. Elle ne gémit plus.

Fernand s'approche d'elle, lui dit qu'il va la ramener maintenant. Elle dit qu'elle préfère rester pour la nuit. Fernand proteste à cause du froid qu'il va faire.

Elle va rester.

Elle se retourne un instant, aperçoit Louis. Elle réajuste son fichu.

Fernand lui explique pour le lendemain matin. Qu'ils iront creuser avec Louis, de bonne heure.

Après un temps, elle dit : oui, nous irons ensemble demain.

Elle se retourne à nouveau, dit qu'ils peuvent aller.

En haut, il n'y a plus que le Taiseux. La grande pendule en noyer indique minuit et quart.

Fallait pas veiller, dit Fernand au Taiseux. Je vais bien me débrouiller.

Il est comme ça, le Taiseux. Et la Marguche, sa femme, pareille. Ils sont restés les mêmes qu'à l'époque du baron. On a beau leur dire de toutes les manières (et Michel-Ange le premier) qu'on n'est plus au temps des domestiques, qu'on est tous embarqués sur le même rafiot, leur rappeler que les privilèges ont été abolis, qu'on est en guerre. Rien n'y fait. L'un comme l'autre se refusent à lâcher le tablier, veillant obstinément, et pour chacun, au bon ordre des choses. Tout ça avec cette once d'obséquiosité, irréductible.

Louis sourit. Souhaite une bonne nuit au Taiseux qui s'éclipse sans un mot.

Fernand pousse son assiette. Dit à Louis : je crois que tu peux nous en sortir une, cette fois.

Louis dispose deux verres à liqueur sur la table. Les remplit d'un alcool de prune, incolore.

D'un même élan, ils les portent aux lèvres.

Les regards sans joie se croisent, mouillés peut-être par les exhalaisons puissantes du liquide.

*

Sarah s'est enveloppée dans une couverture. Elle est assise sur le pétrin, les coudes sur les genoux, le menton au creux de ses paumes réunies. Au chandelier, une flamme, une seule, nette et presque immobile.

Devant Sarah, il y a le petit lit en chêne bricolé par Michel-Ange.

Louis s'assied à côté d'elle.

Il dort, Toine, le poing tout près de sa bouche ouverte. Louis le regarde, épie les signes ténus de sa respiration. Sous l'édredon, il devine la place des pieds. Mesure soudain combien il a grandi.

Il dit, à voix basse : ce sera un bel anniversaire, demain.

Il passe son bras autour des épaules de Sarah sans quitter l'enfant des yeux.

Il dit : trois ans.

J'ai peur, Louis, dit Sarah.

C'est bien de le voir endormi, Toine, quand on a peur, dit Louis. Il faut bien le regarder. Longtemps.

C'est une vraie peur, dit Sarah. Une tenace, qui reste là. Elle est en train de s'installer partout, dans le château, sur les visages, dans les bruissements de feuillages. Même dans le bleu du ciel et les bonnes chaleurs de midi. Même dans les plaisanteries de Michel-Ange. C'est comme si la guerre était entrée chez nous et qu'on faisait semblant de continuer à jouer comme avant. Même les tableaux, on sent bien que c'est plus si important. Bien sûr, on en parle, on veille dessus.

On est là pour ça, dit Louis.

Oui, bien sûr, dit Sarah.

Elle se redresse, se tourne vers lui.

Je sais combien tout ça te tient à cœur, continue Sarah. Cette mission-là, ces peintures à sauvegarder. Bien sûr. Tout cela compte infiniment pour toi et pourtant, il y a toutes les fois où tes yeux me racontent que ça ne pèse plus grand chose. Qu'il y a surtout le reste. Les réunions du mercredi jusque tard dans la nuit, l'escapade de ce soir, ou les gémissements de tout à l'heure. Toutes ces choses dont tu ne me dis rien. Ou presque rien.

Tu en sais déjà trop, dit Louis. Ça aussi, ça me fait peur. Allez, Sarah, fais comme moi, regarde Toine. Regarde-le.

Elle continue, en chuchotant.

Louis, tu dois me raconter. C'est ta vie, tu dois me dire. Je ne te demande pas d'arrêter de le faire. Juste de partager. Je veux entendre. T'entendre, toi. Je veux pouvoir choisir ça.

Et puis elle ajoute : je crois que tu as la meilleure part.

Louis dit que c'est vrai.

Après un temps de silence, il dit que les gémissements, c'étaient ceux d'une femme. Que toute la nuit, elle va veiller son fils mort dans la cave à vin. Qu'il ira avec Fernand au matin, pour creuser le trou.

Leur regard se pose sur Toine avant de se perdre quelque part au-delà.

Louis sait qu'elle ne posera pas de question. À son désir profond d'être rassurée par des mots, il a opposé la pénombre du drame. D'un coup, comme les autres fois, elle comprend que de la bouche de Louis ne pourra venir que cette pénombre-là. Qu'elle n'aura pas l'acuité pour y discerner une part espérée de vérité. Qu'elle restera sans prise sur elle, avec l'obligation d'en accepter la noirceur. Que le partage, trop peu équitable, n'a pas de sens. Qu'il faut tenter de continuer avec ce qui lui appartient.

Elle dit : il boit trop, Michel-Ange. Un de ces jours, ça va mal tourner.

Tant qu'il ne boit que le soir, dit Louis.

Je l'aime beaucoup, dit Sarah, mais parfois je me dis que je serais plus tranquille s'il partait. Tu ne crois pas qu'il pourrait parler, comme ça, à l'entourage ou au bistrot.

Louis répond qu'il a confiance en lui, que ce serait plutôt le dernier à aller causer.

Il dit encore : tout au fond de ce bonhomme, il me semble deviner comme une forteresse imprenable, avec dedans tout ce qui lui est précieux, qu'il ne lâchera pas. Ses idées à lui, ses combats. Et, au milieu de tout ça, je crois que nous aussi, on a une bonne petite place. Dans sa forteresse.

J'espère que tu ne dis pas ça seulement parce que tu as besoin de lui, dit Sarah.

Michel-Ange. Le napolitain, le roi de la débrouille, celui grâce à qui rien n'est jamais désespéré. Le magicien des petites choses et des grandes paroles. Son enfance dans les greniers de Florence, avec son père gardien de la Galerie des Offices. Sa passion tendre et rebelle pour les choses de l'art. Et la venue à Marseille il y a une trentaine d'années, les petits boulots, les arnaques. Ses engueulades avec Antonin Artaud rencontré par hasard autour d'une buvette, un 14 juillet. Et puis aussi ses femmes, ou encore ses publications engagées, toutes éphémères.

Mais surtout, son savoir infaillible sur les techniques de conservation des peintures. Héritage paternel sans doute, mystérieux quand même de tant de précision et de finesse accumulées. Sur le point de rosée, par exemple, avec ses stratégies de lutte, différentes chaque saison, combinant avec ingéniosité chauffage continu et ventilation. Ou encore toutes ses histoires sur l'alchimie des vernis délivrées au compte-goutte, comme des secrets de prestidigitateur.

Un sacré bonhomme, murmure Louis.

Sarah se serre contre lui.

En contemplant son fils, elle dit : c'est vrai qu'il dort bien.

Demain, on va lui faire une belle fête, dit Louis.

Alors, c'est sûr, vous allez sortir le Radeau, demande Sarah.

Louis répond que ça dépend du temps, forcément. Mais que, normalement, il devrait faire beau et que, dans le champ derrière, la pluie de ce soir aura vite séché.

Plus tard, elle lui a demandé de venir en elle.

Avant cela, Louis était allé jusqu'à la tour. Il avait poussé la porte de la chambre de l'amiral, s'était approché du lit. Lentement, la pâleur des yeux grands ouverts lui était apparue. Et puis, il y avait eu ce long clignement pour dire que tout allait bien.

En revenant, il l'avait trouvée étendue sur les couvertures. Malgré la fraîcheur de la nuit, elle s'était entièrement dénudée. Elle avait juste roulé son gilet en écharpe, l'avait étiré au-dessus des seins, d'une épaule à l'autre.

C'est là qu'elle lui a demandé.

Il s'est dévêtu, allongé sur elle. Il a senti sa peau froide. Il s'est appliqué au contact et à l'enveloppement, ajustant ses jambes aux siennes, serrant les coudes au creux de ses hanches, enfouissant le front au mieux, contre son cou.

Elle a replié un pan de couverture sur le dos de Louis.

Ils ont fermé les yeux. Peut-être dormi.

Il lui a semblé se réveiller en elle, dans son corps en alerte. Avec ses bras qui l'enserrent, qui ne cessent de l'inviter.

Peut-être que, parfois, tu regrettes d'être restée, dit Louis. Plus de trois ans maintenant.

Je ne crois pas beaucoup à ce qu'on peut se dire après avoir fait l'amour, dit Sarah.

Quand même, dit Louis.

Elle rit doucement.

Tous les matins, je me demande, continue Sarah. Et tous les matins, je me suis dit oui, vraiment, je reste. Tu vois, ça ne laisse pas beaucoup de place pour les regrets. Et demain matin, je me demanderai encore. Et le matin d'après.

Si tu pars, commence Louis.

Nous nous aimons, dit Sarah. Je t'aime.

Et demain matin, demande Louis.

On verra, rigole Sarah.

Et, à nouveau sérieuse : je ne sais rien de nos chemins, Louis. J'aime nos parts d'ombre, nos petits recoins d'homme et de femme. J'aime les vents qui se lèvent sans crier gare. J'aime le ciel clair, et j'aime savoir qu'il peut être changeant. Je mesure les incertitudes, je les goûte. C'est curieux comme malgré tout, dans ce tableau de vie ou rien ne semble promis, ou tout semble se refuser à trop de netteté, eh bien il y a là, posé au beau milieu, un gros caillou.

J'aime comme tu parles, dit Louis. Parle-moi de ton caillou.

Il n'y a pas grand-chose à en dire, continue Sarah. Il y a juste qu'il semble tout seul, dans le paysage, à pouvoir contenir les érosions. Qu'il est différent et forcément, qu'il interroge pour ça. Tout est en mouvement, en mutation, en construction, en destruction, en fuite, tout est insaisissable. Tout sauf le caillou.

C'est étrange que ce soit un caillou, dit Louis.

Je t'aimerai demain matin, dit Sarah. Et aussi le matin d'après, et tous les autres. Je crois que je ne sais rien d'autre. D'ailleurs je ne sais même pas ce qu'il faut en penser.

Elle rigole. Louis aussi.

Louis dit : ça veut dire que tu ne partiras pas.

Je ne sais pas, dit Sarah.

Louis dit qu'il ne comprend pas.

Sarah dit qu'il y a aussi d'autres choses. Des choses moins fortes que cet amour-là. Mais des choses avec lesquelles la vie doit trouver des arrangements.

Elle dit : c'est difficile de me préparer à la mort possible. La tienne, je veux dire. Je ne sais pas si ma vie m'autorise à traverser cela.

Elle se lève, jette un regard vers Toine, souffle la bougie.

Louis demande : c'est ça la question que tu te poses tous les matins.

Elle répond que oui, c'est exactement cette question-là.

Dans le noir, Louis dévide la bobine de sa vie avec elle. C'est elle qui a dû lui apprendre ça, à son insu. Bien mordre dans leur histoire. Sa façon à lui de le faire, tous les soirs. En y ajoutant les épisodes de la journée. Les autres couleurs advenues.

En s'efforçant de tenir en respect l'offensive des gris, à l'œuvre au visage de Syracuse.

- IV -

Vers huit heures, Louis et Fernand reviennent du bout du champ de chez Syracuse, la besogne accomplie.

En pénétrant dans la cour du château, ils sont salués avec hauteur par Petitjean, le paon, qui paraît hésiter avant de consentir à déployer une roue splendide. Quelques pas de guingois, d'équilibrage. Voilà le travail.

Ils s'arrêtent devant l'oiseau.

C'est lui le plus heureux, dit Fernand.

D'excellent augure pour cette journée qui commence, dit Louis.

Et puis un criaillement brutal et rauque qui met fin au spectacle.

Sur les marches du perron, Germain a refermé son livre. Il se lève, s'approche des deux autres.

On dirait que Petitjean est bien disposé ce matin, dit-il. D'où venez-vous, à cette heure ?

Louis dit : on est juste allé filer un coup de main, t'inquiète pas.

C'est le t'inquiète pas qui clôt le sujet.

Et toi, toujours dans Stendhal. Dès les aurores.

Germain, exalté.

Ce matin, après avoir rallumé le feu du grand dépôt, je me suis installé sur les marches. J'ai ouvert les *Chroniques Italiennes* à la première page. Après, j'ai attendu. J'ai attendu le premier rayon du soleil, celui qui se glisse à travers les branches nues des arbres depuis le flanc gris de la colline là-bas. Voilà. Je l'ai attendu, et dès qu'il a été là, avant même qu'il ne dispense de véritable chaleur, je me suis mis à lire. C'était bien. Mais dis-moi.

Quoi, dit Louis.

On va pouvoir le sortir, le Radeau.

Oui, on va pouvoir, répond Louis. Le Radeau et aussi quelques autres, on va en parler avec Michel-Ange. Et aussi avec André qui devrait nous rejoindre d'ici une heure ou deux.

Après un temps, il ajoute : ce sera une belle journée, mon petit Germain.

Bonjour Marguche, lance Fernand à la petite femme ronde qui s'avance sur le perron.

Bonjour, monsieur Fernand, bonjour, monsieur, Louis. Quel temps nous avons.

Louis lui demande si elle se sent reposée, après sa journée de la veille.

Pensez-vous, et alors, s'indigne-t-elle.

Derrière elle arrive le Taiseux, qui porte sa main libre à la casquette en guise de salutation générale. Dans l'autre, il tient une faux. D'un vague signe, il indique qu'il va travailler dans le champ derrière.

Oui, on fera bien de faucher ça pour sûr, entend-on tonitruer depuis l'escalier. C'est Michel-Ange, avec Toine assis sur la paume de sa main. Doucement, il met l'enfant au sol avec une claque aux fesses dans la direction de Louis.

Salut la compagnie, hurle Michel-Ange.

Toine grimpe dans les bras de Louis.

Petitjean se met à brailler d'un coup, comme si on lui avait marché sur une patte.

Marguche demande des nouvelles de l'amiral. Elle veut aussi savoir pour les draps qu'elle a pu trouver, les petites affaires, si tout ça a pu convenir. Fernand la rassure, dit que tout est parfait. Que, d'ailleurs, on va bientôt aller dans la tour s'enquérir du blessé, qu'elle pourra venir aussi, pour voir.

Et Sarah, demande Louis.

Je suis là, répond Sarah.

Elle serre un bouquet de fleurs sauvages.

Elle dit qu'elle vient de marcher alentour, que c'est un beau pays, aux couleurs douces, aux pierres qui racontent. Que c'est un pays de poètes. De vainqueurs, aussi.

Elle saisit Louis au bras. Elle est resplendissante dans sa robe claire. On se serre un peu autour d'eux.

Michel-Ange dit que bon, c'est pas tout ça.

*

Il est arrivé vers dix heures, André.

Il a demandé un café, a donné des nouvelles d'autres dépôts plus au nord, parlé des arrangements avec les officiers de la Kunstschutz. Et puis il demande à visiter toutes les salles avec Louis et les deux gardiens. Louis fait venir Germain et Michel-Ange, occupés avec le Taiseux à monter les glissières d'évacuation en bois au niveau du dépôt Radeau.

Le regard inquisiteur, et la main à la traîne le long des caisses et des parois, André pose toutes les questions. L'étanchéité des structures, la qualité des calcaires, les procédés d'aération et de chauffage, l'évacuation des cendres, l'entretien des pompes et des extincteurs.

Il semble ne s'adresser qu'à Louis. Pourtant, c'est Michel-Ange qui apporte les réponses, chaque fois avec conviction et, aussi, un peu de condescendance.

Quand André évoque le début d'incendie de l'été 41, une erreur malencontreuse qui ne se reproduirait plus n'est-ce pas, Michel-Ange prend la mouche.

J'avais bien dit crénom pour l'électricité, que c'était pas malin. Qu'il fallait une installation sous tube à cause du risque de courts-circuits. À vous aussi, j'ai dit ça. Je m'en souviens bien.

André dit à Michel-Ange qu'il ne dit pas ça pour lui.

Il manquerait plus que ça, gronde Michel-Ange.

Ils rejoignent la salle du Radeau.

Cette pièce doit être bonne, dit André.

Comme Michel-Ange ne dit rien, c'est Germain avec son parler d'universitaire qui approuve, en vantant les fonctions hygroscopiques des boiseries qui climatisent naturellement l'atmosphère.

Louis dit que tous les chefs d'œuvre sont réunis ici. Il ajoute que, aujourd'hui, il vont sortir le Radeau. Enfin, le Géricault.

André dit que ce n'est peut-être pas la priorité. Qu'il a observé des traces de chanci sur certaines caisses de la première et de la deuxième salle. Alors que, ici, les conditions de conservation sont idéales.

Germain explique que les premières salles font l'objet d'une attention particulière. Que les vérifications sont quotidiennes, vraiment. Que les peintures sont régulièrement ventilées.

Louis confirme.

Michel-Ange se réveille. Il attrape le Taiseux aux épaules, qui continue à monter les glissières.

Il dit que le dépôt Radeau n'a pas suffisamment pris le frais, nom de Dieu. Qu'on va lui faire tâter de la bonne herbe du champ, pas vrai, le Taiseux. Laisser le soleil lui dorer un peu tout ça.

Et s'adressant à Germain : et tu sais quoi, gamin. C'est tout le dépôt qui va se faire la belle, tiens. On sort les huit d'un coup, mon gars. Qu'est-ce que t'en dis.

Louis devine toute la provocation contenue dans la décision de Michel-Ange. Il en rajoute, le vieux :

On va faire ça en l'honneur du chef, hein.

Louis rigole.

Les traits sombres, André prend Louis à part. S'inquiète.

Qu'est-ce que c'est que ce boulot. On n'improvise pas la sortie des œuvres comme une promenade au jardin public. Et le vieux là, il a plus ses esprits ou quoi.

Louis murmure que bien sûr il comprend, que pour Michel-Ange, il est un peu rustre, qu'il ne faut pas s'en offusquer. Le tout, c'est de le laisser faire, comme il entend. Qu'il a appris à lui faire confiance, avec le temps.

Pour lui-même, André répète en bougonnant. Laisser faire, laisser faire.

Du coup, le Taiseux se remet à faucher. Tous ces tableaux à disposer dans le champ, c'est pas rien. Surtout, avec les dimensions.

Pendant ce temps, Michel-Ange et Germain discutent de la manœuvre.

On commencera par mettre les moins grands, enfin les moins lourds, vers le bout de la zone fauchée, explique Michel-Ange. C'est avec eux qu'on fera le plus de chemin. On finira par les plus massifs. On les posera juste devant. L'ombre n'y sera plus, à ce moment-là. Faudra qu'on soit au moins quatre. Tout à la fin, on s'occupera du Radeau. Avec lui, on peut aller un peu plus loin. On va même lui faire une bonne p'tite place rien que pour lui. Tiens, plutôt par là bas. T'entends, le Taiseux.

Le Taiseux fait signe que oui, qu'il ira juste après.

Faudra dix par dix, lui gueule Michel-Ange.

À cause de son format, *Le Radeau de la Méduse* a dû être désolidarisé de son cadre et roulé autour d'un cylindre de plastique évidé. Ça rend la toile aisément transportable.

Bon, résume Germain. Qu'on s'y prenne comme il faut. Voyons, d'abord, il y aura le Delacroix et Le Caravage. Ensuite, Bethsabée et puis après, le Couronnement peut-être. Je vais noter tout cela.

Oui, c'est ça, note, dit Michel-Ange.

André observe les glissières, inclinées à trente degrés environ et qui tombent jusqu'à terre, déjà dans le champ, presque deux mètres plus bas.

Il demande à Louis si le système est fiable. Louis affirme que oui, parle de cordes, de contrepoids.

Et donc après Fra Angelico, continue Germain, il y aura Mantegna, le Titien, et San Romano. Joli programme. Dire qu'on va embrasser tout cela d'un seul coup d'œil.

Ah, éructe Michel-Ange, joyeusement.

En marchant en équilibre sur une glissière, il rejoint le champ.

Et alors, encore dégourdi, le vieux bougre, lance-t-il à la cantonade.

Dans l'herbe, en plusieurs endroits, il appose sa main.

Ça m'a l'air bien sec, dit-il. Tu peux commencer à déboulonner les caisses, gamin. Ça va le Taiseux, tu t'en débrouilles ?

Le Taiseux fait signe que oui. Il travaille avec une belle régularité, d'homme de la terre.

*

Il a été convenu, pour l'occasion, de faire signe à Léopold et à la Champigny.

Léopold, avec ses chats. Une maison presque attenante au parc du château dans sa partie aval.

Lors du départ de feu de 1941, il avait été alerté par les cris de Marguche et avait rappliqué aussitôt. Son aide, son calme avaient été précieux dans l'affaire, Michel-Ange lui-même l'avait reconnu un peu plus tard, en lui servant un verre de vin.

Les flammes rapidement maîtrisées, c'est l'eau qui avait causé l'essentiel des dégâts obligeant, pour certaines peintures, à un long travail de nettoyage et de séchage.

C'est comme ça que, tout à fait naturellement, Léopold s'était retrouvé au chevet de la *Nature morte aux instruments de musique* de Pieter Claesz. Il avait fini par l'emporter chez lui, lui prodiguant tous les soins indispensables.

Il avait fallu une huitaine de mois pour que tout rentre dans l'ordre. Que l'on soit définitivement rassuré sur la santé des œuvres, de chacune d'elles.

C'est au moment des tout derniers contrôles que Louis avait fait la proposition.

S'il le souhaitait, il pourrait conserver la garde de sa nature morte, Léopold. Pour bons et loyaux services.

Le plus petit dépôt du Louvre en exil. Tu parles s'il avait accepté.

Il ouvre à Fernand.

Qu'est-ce qui t'amène, demande Léopold avec bonne humeur.

Fernand lui explique, pour la sortie du Radeau. Et que, en même temps, on boira un petit coup, que Marguche s'en occupe.

Ah, si c'est Marguche qui s'en occupe, dit Léopold. Allez, je te suis. C'est pas rien, le Radeau de la Méduse, tout de même.

Dis-moi, Léopold.

Quoi.

C'est drôle, cette impression que j'ai. On dirait que t'as profité.

En même temps, il porte les mains à son ventre.

Léopold a un sourire triste.

Oui, enfin. C'est pas ce que tu crois. C'est juste. Ça m'obsède. C'est pour quand ils vont venir me prendre, que j'aie des réserves sur moi. Pour après, pour là-bas. Tu comprends.

Il tire la porte derrière eux. Allez Fernand, on y va.

Chez la Champigny, tout est sale et poisseux.

De la lumière de ces belles journées, il ne pénètre presque rien chez elle. À peine quelques élans de clarté, diffuse, à travers les carreaux jaunes. Toujours fermés.

La maison au milieu du village. Comme prise au piège de la ruelle étroite et coudée. La façade rendue convexe par l'effet de forces ancestrales. Par ici, on la dit sorcière, la Champigny. Avec respect quand même. Voire bienveillance.

La porte qui couine.

Eh, bonjour, ma fille. À toi aussi, le bambin.

Sarah embrasse la Champigny. Pousse Toine devant elle, dans la cuisine sombre aux odeurs fortes de sueur et de légumes cuits.

C'est là qu'il est né, Toine. Il y a trois ans tout juste. Elle s'en souvient comme d'hier, Sarah.

Pour l'occasion, la Champigny lui avait laissé son large fauteuil en paille tressée. Avec au moins trois ou quatre coussins bien aplatis dedans depuis des lustres, et des serviettes par-dessus. Tiens, mets-toi là-dedans, elle lui avait dit tandis que Sarah commençait à gémir pour de bon. Les cuisses sur les accoudoirs. Laisse-moi voir ça. T'es pas la première, va.

Jusqu'à la fin, elle n'avait pas cessé de parler, la Champigny. Toujours sur le même ton, même avec les hurlements de Sarah. Elle se souvient, les grèves de 36, les femmes pendant le Front populaire, quelques épisodes retentissants racontés avec fierté, et un luxe de détails, pendant que les mains fouillent le ventre. Et soudain la vie que l'on touche, le garçon posé dans le giron détrempé. Et la Champigny, silencieuse et souriante. Voilà, c'était fait.

Les yeux s'habituent à l'obscurité. Toine demande si c'est la nuit, pourquoi elle fait dodo.

La Champigny gagne son fauteuil. De son index, elle fait signe au petit de la rejoindre. Quand il est tout près, elle lui donne un petit sachet fermé par un cordon.

Elle dit : c'est ton anniversaire, le bambin.

Dedans, il y a des friandises. Une à une, il les fait admirer à sa mère.

Pendant ce temps, Sarah parle à la vieille, pour le Radeau.

*

On s'est rassemblé à l'ombre du tilleul, au fond de la cour. Marguche continue à remplir de vin de noix de petits verres à liqueur. Michel-Ange annonce avec solennité que tout est prêt, qu'on va voir ce qu'on va voir. Mais pas avant qu'on ait bu un coup. On trinque.

Petitjean aussi s'est rapproché, sans bruit.

Du coup, tiens, on trinque à sa santé, pour rire. Et puis à la Marguche qui sait sortir ses bouteilles quand il faut. Au Taiseux qu'on n'entend pas mais qui n'en pense pas moins. À ces jours d'automne qui promettent un hiver rigoureux.

À Toine, à ses trois ans, lance Louis. Tout le monde reprend, à Toine, à Toine, y compris Toine lui-même. En grimaçant, il trempe ses lèvres dans le verre que lui tend Michel-Ange. On rigole, même André.

Le docteur est là aussi, après sa visite du matin à l'amiral.

Vous n'allez pas partir comme ça, lui dit Fernand.

C'est que j'en ai quand même à voir, dit le docteur en tendant son verre à Marguche.

Aux beaux-arts, au Louvre, propose André un peu mollement. Plus pour rappeler chacun à un peu de modération que pour trinquer vraiment.

En prenant Louis à la taille de ses deux bras, Sarah lui demande si l'amiral pourra les rejoindre.

Louis dit qu'il ne sait pas. Que le docteur a affirmé qu'il allait mieux, mais qu'il préférait ne pas quitter la chambre.

Sarah dit : tu devrais aller le voir.

Vive la France quand même, clame Léopold.

Louis s'éloigne vers la tour, avec l'empressement de celui qui ne veut rien rater de la fête.

C'est dur pour le petit, dit l'amiral. J'ai appris par le docteur. Syracuse, c'est ça. Pour sa mère aussi.

Oui, dit Louis.

C'est dur. Faut les porter, ces vies qu'on nous donne. Faut absolument en faire quelque chose.

Je comprends ça, dit Louis.

Je suis fatigué, dit l'amiral.

C'est normal.

Non, c'est pas ce que tu crois. C'est dans la tête.

Tu devrais venir avec nous, dit Louis. Aujourd'hui, c'est une sorte de fête. Il y a des tableaux disposés dans l'herbe, tiens, juste sous ta fenêtre. Des tableaux, enfin, des chefs-d'œuvre. C'est un dépôt du Louvre, ici.

Oui, je sais, dit l'amiral.

Tu devrais venir voir.

Je préfère ne pas me montrer.

Ça ne risque rien, dit Louis. On ne te posera aucune question.

L'amiral réfléchit. Il dit : aide-moi à me lever.

En tenant le bras de Louis, il s'approche de la fenêtre.

Merde, il dit.

Louis ouvre les deux battants. Le bruissement des insectes du champ, Le Taiseux seul, resté de garde. Il tire une chaise pour l'amiral qui s'assoit, avec lenteur.

En fixant les toiles à même le champ, il répète : merde, alors.

Louis dit qu'il sera bien, là. Aux premières loges. Que si, d'en bas, on l'aperçoit, il se chargera de le présenter comme un cousin, de passage pour quelques jours. Un cousin du Taiseux, tiens, de santé fragile.

Oui, c'est ça, dit l'amiral.

Après un temps, sans lâcher les tableaux du regard, il dit à Louis : quand même, il faudra que j'y aille, c'est sûr. Pour Syracuse. Voir sa mère, aussi. Surtout elle. Pas forcément parler. Juste la voir. Qu'elle me regarde, elle aussi. J'en ai besoin, tu comprends.

C'est pas loin, dit Louis. On ira en fin de journée. On ira avec Fernand.

C'est ça, dit l'amiral.

Dans la cour, il y a maintenant un joyeux brouhaha.

Il y a surtout les encouragements prodigués à Germain, qui traîne en courant un petit chariot en bois monté sur trois roues et dans lequel Toine a pris place. En premier supporter de l'affaire, Michel-Ange aiguillonne l'attelage à pleine voix, tout en recommandant la prudence dans les virages. À Sarah, il assure que c'est du solide, qu'on peut faire confiance, que c'est une bonne mécanique. À Toine, il glisse à chaque tour, alors, elle est pas belle la toto bugatti à Michel-Ange.

André remarque Louis, revenu de la tour.

Maintenant que Louis est là, dit-il, nous pouvons y aller.

Acclamations.

On arrête le manège de la bugatti, malgré les protestations de Toine.

Michel-Ange interroge Marguche.

Est-ce qu'on les a bien nettoyées, ces bouteilles, dis-moi.

Ça pour sûr, répond Marguche. Pour sûr qu'il n'en reste pas une seule goutte.

Bon, ça va, fait Michel-Ange. Alors, allons-y. Tous derrière moi. Z'allez voir ce que vous allez voir. Nom de Dieu, Germain, t'es où.

En trois bonds, Germain se plante devant Michel-Ange.

Et la musique alors, demande Michel-Ange.

Elle est là, fait Germain en sortant l'harmonica de sa poche.

La musica ! gueule Michel-Ange.

En vertu de quoi Germain se met à souffler sans conviction dans son instrument, suggérant timidement une sorte de ballade à trois temps.

On se met en route, en goguette, et en cadence quand même.

Presque en file indienne, on descend les quatre marches du fond de la cour, celles qui mènent au pré.

La lumière a la franchise des mi-journées, la douceur des octobres. Il n'y a plus la brise des jours derniers.

On longe les murailles de la tour. Le paysage s'ouvre. Le thalweg creusé par la rivière ; la ville de Saint-Céré au loin, tout juste pressentie, et au-delà, la remontée des pentes vers les Causses.

Voilà, on est passé derrière.

Le Taiseux est là, les deux poings sur les hanches. Comme pour dire qu'on ne va pas plus loin.

*

On a vraiment l'impression d'être avec eux, sur ce rafiot, dit Léopold.

C'est vrai, dit Sarah.

Ils sont debout autour du *Radeau de la Méduse*, respectant un périmètre de sécurité de deux mètres de large autour de la toile. Au milieu et à l'avant du groupe, Michel-Ange allonge les bras en croix afin de contenir d'éventuels débordements. Il rappelle qu'il n'y a pas que le Radeau. Il vante mollement la célébrité d'Uccello, du Titien, des autres œuvres disposées juste à côté, cherchant peut-être à se retrouver seul un moment avec le Radeau.

Tous restent immobiles, massés autour de lui.

C'est une œuvre étrange quand on y pense, n'est-ce pas Louis, dit doucement André.

Étrange ?

Eh bien, je ne sais pas, cette lumière, pour commencer. C'est tellement blafard. Tellement sombre, terreux. Tellement indistinct.

On observe.

Oui, peut-être, intervient Germain. Et en même temps, il y a cet éclairage de biais, sur les naufragés. Et le relief qu'il amène à l'ensemble. J'ai lu que Géricault avait voulu tout cela, pour mieux délimiter les corps, mieux souligner les gestes.

Et le centre, continue André comme si Germain n'avait rien dit. Il n'y a pas de centre dans cette peinture, pas d'accroche. C'est une superposition de corps, de petites situations. Un fatras, sans rien de notable qui se produise. Sans action principale. Ça aussi, c'est un choix curieux. Et puis, c'est quand même de la peinture d'histoire. Qu'est-ce que tu en penses, Louis ?

Louis n'en pense pas grand-chose. Il veut juste rester dans l'allégresse du Radeau, à partager à égalité avec tous, les siens, ceux du château.

Avec un peu de perfidie à l'encontre d'André, il dit :

C'est vrai que c'est une œuvre difficile. C'est sans doute parce qu'elle fait une place de choix à l'émotion du spectateur. C'est ce que disait Léopold. On est tous invité sur le radeau. On est solidaires, en quelque sorte.

Et puis, il ajoute, pacifique : et tu vois, André, je crois que cette peinture de Géricault est construite sur la solidarité. Toute chose y est subordonnée à l'ensemble, à égalité. Sans rien de notable, comme tu dis. J'aime bien tout ça.

Criaillement sec de Petitjean qui se rapproche en louvoyant.

Fais gaffe, le Taiseux, prévient Michel-Ange. Surveille-moi cet emplumé.

D'une petite voix, Marguche demande si le radeau de la Méduse, ça a vraiment existé.

Ah, si ça a existé, rugit Michel-Ange.

Il a tout raconté d'un seul trait.

La Méduse, frégate de la flotte nationale, faisant route vers le Sénégal l'été 1816. L'incompétence flagrante du capitaine, Hugues Duroy de Chaumareys, nommé à ce poste par faveur ministérielle et pour la noblesse de ses titres. L'échouage par beau temps et mer calme, non loin du cap Blanc. Les quatre cents de la Méduse pour les six barques de sauvetage et leurs deux cent cinquante places à bord. La construction du radeau, avec les mâts et les vergues récupérés. Le capitaine, les officiers supérieurs, les hauts fonctionnaires s'attribuant les meilleures chaloupes. Et cent cinquante personnes se serrant sur le radeau glissant et qui s'enfonce aussitôt sous leur poids. L'eau jusqu'à la ceinture. Le remorquage par les chaloupes, durant quelques heures. Et puis les cordages que l'on coupe. Les cris.

Et puis les jours d'après. La houle de la première nuit, la tempête de la seconde. Les morts, les disparitions. Les brûlures du soleil, les blessures. Les mutineries, la faim, la soif. Les meurtres. Le goût de la viande humaine. L'eau salée, l'urine pour compléter les rations de vin. La décision désespérée de jeter les malades à la mer. Les quinze derniers survivants.

Et le matin du treizième jour. Un brick sur l'horizon.

Michel-Ange s'est tu. Un long silence que Marguche finit par briser.

Parlez d'une histoire. Tous ces pauvres gens, tout de même.

Saletés de monarchistes, éructe Michel-Ange. Z'ont tout fait pour étouffer l'affaire. Tu parles.

Les choses ont quand même fini par être connues, dit André. Il s'en est suivi un drôle de scandale.

Drôle de scandale, drôle de scandale, dit Michel-Ange. Peut-être bien, je sais pas trop. En attendant, ce Chaumareys s'en est tiré avec trois ans de placard. Et vous pouvez me croire qu'il leur en a fallu des couilles à Savigny et à Corréard. Enfin si vous me passez l'expression.

Fernand demande si Savigny et Corréard sont des survivants du radeau, ceux qui ont témoigné. Michel-Ange répond que oui. Il ajoute que Géricault les a lui-même longuement rencontrés.

C'est ça que je ne comprends pas, bon Dieu, enchaîne Michel-Ange.

Comme personne ne lui demande de préciser, il poursuit seul.

Tu prends un peintre, un gars qu'en est pas à ses coups d'essai et qui sait toucher le pinceau. Tu lui mets dans les pattes un épisode de l'histoire, un épisode bien gras. De ce calibre. Le zigue s'entiche de l'affaire. De cette foutue Méduse, il veut tout savoir. Tout, je te dis. Il s'en fait construire une maquette par son charpentier. Il rencontre tous les rescapés, les interroge, les dessine. Il rassemble toutes les pièces, tous les documents. Et c'est pas tout. Il va jusqu'à transformer son atelier en morgue, pour mieux renifler l'odeur de la camarde. Tout ça pour

faire du vrai, du vécu, de l'authentique, du convain-
cant. Juré que c'est ce qu'il a fait.

C'est vrai, dit André.

Michel-Ange désigne la toile, d'un bras las.

Et voilà le résultat, dit-il. Pour un peu, on dirait
l'arrivée d'une régate. Non mais regardez-moi ça,
ces beaux corps d'athlètes, musculeux et encore tellement fringants. À peine hirsutes.

Il s'emporte, Michel-Ange.

Pendant treize jours et treize nuits, ces hommes
ont été envoyés en enfer par d'autres hommes. Et
aussi par la décadence d'une organisation politique.
Mille morts, ils ont souffert sur ce satané rafiot.
Treize jours, treize nuits. L'éternité, si tu préfères. À
s'entretuer, à se bouffer les uns les autres. Eh bien
lui, le zigue, il nous raconte que la fin. Quand tout
va bientôt s'arranger. Qu'on va pouvoir rentrer à
la maison. Y'a plus qu'à agiter les mouchoirs. Si
encore, je sais pas moi, ils étaient transportés de
joie, d'espoir, de je ne sais quoi qui, par contraste,
nous fasse comprendre un peu de ce qu'ils ont tra-
versé avant. Mais non, même pas. Y'a rien. Que des
visages détournés vers l'horizon. Vers l'arrière, et
qui nous échappent. Quelle connerie, tiens.

Il y a quand même le père et son fils mort, au
premier plan, fait timidement remarquer Germain.

Louis lève les yeux vers l'amiral installé à sa
fenêtre ouverte, à l'aplomb de tous. Personne ne
semble l'avoir remarqué. Il semble fixer intensé-
ment la toile.

À cet instant seulement, Michel-Ange laisse
retomber les bras le long du corps, maintenus tout ce
temps à l'horizontale. Accalmie au visage de l'ora-
teur, ressentie par tous.

Fils mort ou pas fils mort, on est très loin du compte, conclut-il posément, à l'intention de Germain.

C'est l'heure chaude.

L'heure en tout cas où les fronts luisent d'un peu de sueur en perles, malgré l'automne et son fond d'air qui ne trompe pas.

Il faut dire aussi qu'on a bu le vin de noix de Marguche.

Et que de tout ça, il s'ensuit une sorte de torpeur des sens qui brouille un peu les regards, émousse les accents de la parole reçue.

Toine a délaissé son chariot à roulettes. Il a joué longtemps à trottiner derrière Petitjean qui, à chaque fois, s'est éloigné, en rapport.

Il rejoint Sarah devant la toile. Il demande pourquoi le bateau il est cassé et aussi qu'est-ce qu'ils font les monsieurs. On ne lui répond pas. Il attrape le sachet de friandises que lui tend Sarah. En plongeant sa main dedans, il se colle aux jupes de la vieille Champigny qui n'a pas cessé de poser sur la peinture un regard d'aigle.

On pourra dire ce qu'on voudra sur ce père et ce fils, dit la Champigny. Moi en tout cas, je sais bien ce que ça me raconte.

On se retourne vers elle. Elle lève le nez au ciel, et clame solennellement :

Alors la faim l'emporta sur le chagrin !

On se tait. Elle ajoute : c'est un vers de Dante. Ça parle du comte Ugolin enfermé dans la tour des Gualandi. Et qui crève de faim, avec ses enfants et ses petits-enfants. Et Dante ne dit rien d'autre. Il n'y a que ce vers effrayant. Ugolin s'est peut-être nourri de la chair de ses enfants. Peut-être pas. Voilà. C'est ça que ça me raconte. Alors pour moi, ça fait le compte comme il dit, Michel-Ange.

Loin dans ses pensées, Louis esquisse un sourire.

Oui, dit-il, c'est curieux. Ce radeau posé là, par terre, juste à nos pieds. Qui nous invite à son bord. Un petit pas de rien du tout, et on y est. Et puis en même temps, la sinuosité infinie de ce chemin vers lui, le radeau, vers l'histoire de ces hommes, si lointains et, en même temps, que l'on toucherait presque. Il est là, le geste de l'artiste. Quelque part dans cette main qu'il nous tend pour franchir le pas. Pour nous emmener dedans. Pour nous prendre.

Un temps.

Bien sûr que je comprends tout ce que tu as dit, Michel-Ange. Tu aurais tellement voulu que ce tableau joue pleinement son rôle politique, en quelque sorte. Qu'il dénonce ce qui devait l'être, ou tout au moins qu'il donne à réfléchir sur les origines, les responsabilités du drame. Que soient évoquées précisément la condition des naufragés, leur nationalité aussi. Et puis leurs souffrances atroces. Que soient montrées aussi les incompétences des chefs, les trahisons.

Mais tu vois, la nature de ces événements, leur portée politique, leur modernité n'est qu'un point d'ancrage. Car c'est ici, à partir de ce point, que commence vraiment le travail de l'artiste.

Donner une vision historiquement exacte du radeau, tel qu'il était apparu à des observateurs extérieurs, c'était pour Géricault tricher avec la vérité. La vérité, c'était plutôt la souffrance des naufragés. Il fallait se mettre dans leur peau, et inviter le spectateur à vivre aussi la tragédie. Ce devait être moins un spectacle terrifiant qu'une aventure vécue.

J'admire cette liberté. Comme il a su tourner le dos à la bonne vieille peinture d'histoire. Comme il a renoncé à produire des héros. À délivrer des messages. Comme il ne suggère aucune noble cause, ni aucune gloire en contrepartie du martyre de ces pauvres bougres. Comme il fait fi de tout propos engagé, alors qu'on attendait de lui une peinture polémique.

Cette absence d'allusion partisane claire a d'ailleurs irrité tout le monde, dit André. Les politiques, les critiques, et tous les amis de Géricault.

Eh oui, le voilà, l'artiste, s'enflamme Louis. Le voilà, avec toute la force, toute l'unicité de son point de vue sensible. Toute sa signature. Son acuité au-delà des miroirs.

Car ayant choisi un sujet brûlant, il en a fait le support de sa libre parole. Et quand tant d'autres peintures d'actualité sont passées dans la désuétude et puis dans l'oubli, lui a donné à cette scène de naufrage une valeur universelle. Son œuvre est promise à continuer son voyage dans le temps, à conserver son emprise sur les imaginaires. Il me semble que toujours, elle trouvera du sens.

Un temps.

Peut-être parce qu'en fin de compte, reprend Louis, elle ne me raconte plus grand-chose. C'est juste qu'elle me prend bien fort au ventre, qu'elle me précipite vers d'autres hommes en lutte.

Après un autre temps :

En lutte contre quelque chose dont la puissance, comment dire, échappe.

Léopold, gueule soudain Michel-Ange.

Oui.

Ton chat, là-bas. Il s'approche du Rembrandt. C'est qu'il lui tripoterait bien les nichons l'animal, à la Bethsabée.

Germain rigole. Léopold se lève. Le Taiseux fait psssttt pour éloigner le chat.

Bon, eh bien, je crois que, commence le docteur.

Sarah l'interrompt.

La question que je me pose, c'est comment un autre l'aurait peint, le radeau. Qu'est-ce qu'il nous aurait envoyé de cette histoire, lui, à travers toutes ces années.

Ah ça, fait Marguche.

Et aussi, amorce Sarah pour garder l'attention de tous.

Elle sourit franchement.

Pourquoi tu souris, demande Marguche.

Aussi, reprend Sarah, je me demande comment toi, tu l'aurais peint. Oui, toi, Marguche. Ou toi, Léopold.

Oh, moi, fait Léopold.

Alors, Marguche, demande Sarah.

Mais je ne sais pas dessiner, dit Marguche.

Alors imagine que tu sais. Que tu fais ce que tu veux avec un pinceau.

Alors, évidemment, dit Marguche.

Elle réfléchit un instant.

Je sais pas. Peut-être, j'aurais fait la tempête. Le radeau ballotté de toute part, les hommes qui tombent à la mer. Le ciel noir.

Le Taiseux approuve d'un hochement de tête.

Fernand fait un pas en avant.

Moi, j'aurais montré les hommes qui se dévorent entre eux. Les actes de cannibalisme. Qu'on se rende compte vraiment.

Et vous, docteur, demande Sarah en s'amusant.

Je ne sais pas. Euh, j'ai du mal à imaginer autre chose que ce que j'ai sous les yeux, vous savez. Je n'ai pas d'idée, en fait. Pas d'idée qui vienne de moi.

Et André ?

Eh bien, je crois que j'aime assez l'idée de montrer la fin de l'histoire. Mais j'aurais peut-être peint le sauvetage lui-même. Le moment où ils quittent le radeau. Avec de la lumière, beaucoup de lumière même, sur les corps harassés, et les visages fiévreux, incrédules à l'idée d'en avoir fini avec ces jours horribles.

Un temps. Sarah regarde vers Germain qui finit par se lancer à son tour.

Non, moi je crois, je n'aurais pas fait ça. Pas comme André. Parce que, enfin, il me semble qu'il n'y a pas de place pour la lumière dans une œuvre comme celle-là. Que… Tiens, même la vie elle a pas sa place. C'est avant tout une histoire de mort. Alors, peut-être que j'aurais triché. Que je n'aurais même pas peint de vivants. Juste des cadavres jonchant le radeau. La mer étale. Et un éclairage crépusculaire. Oui. Quelque chose comme ça.

Ça m'aurait étonné, ironise Michel-Ange.

C'est beau aussi, c'est sûr, dit Marguche.

Et toi, Michel-Ange, demande Sarah. Qu'est-ce que t'en dis ?

Ah, éructe Michel-Ange. Moi, ça t'étonnera pas, je me serais fait un plaisir d'immortaliser le moment où ces salauds de nobles ont coupé les cordages qui remorquaient le radeau. Ça aurait fait ni une ni deux, tu peux être sûre.

Là-dessus, j'y serais allée avec toi de mon meilleur pinceau, glapit la Champigny. Et je te jure que je lui aurais arrangé la trombine, à ce Chaumareys.

Mais bon, continue Michel-Ange. On n'est pas des artistes, nous. Pas vrai, la sorcière.

Il se tait un moment. Puis il ajoute : je suis pas un artiste, mais je suis un combattant. Voilà ce que je suis. C'est peut-être moins fort qu'un artiste, un combattant, mais c'est fort quand même.

C'est sûr, approuve la Champigny avec Toine, toujours dans ses jupes.

Et toi Louis, dit Sarah. Tu ne dis rien.

Il s'approche, lui attrape la taille, se serre contre elle.

Il dit qu'il n'a rien à dire.

Allons, Louis, dit-elle.

Il lui parle, à elle, comme si les autres n'étaient pas partout alentour.

C'est trop difficile. Vraiment. Regarde, avant de choisir son radeau, Géricault a hésité longtemps. Des semaines. Il a fouillé, interrogé, rencontré. Changé plusieurs fois d'avis. Alors nous, d'ici. De maintenant. Comment veux-tu.

Tu n'es pas joueur, dit Sarah.

Elle a raison, nom de Dieu, fait Michel-Ange.

Louis fait la moue.

Ma vision du radeau, mais sur quoi pourrait-elle se fonder, franchement ? Sur le lyrisme encore tout frais du récit de Michel-Ange ? Ou peut-être sur quelques connaissances éparses concernant l'affaire ? C'est un peu maigre, non. En tout cas, moi, ça ne m'emmène nulle part. Disons nulle part plutôt qu'ailleurs.

Louis fait une pause.

En revanche, commence-t-il.

Il fait face à Sarah, la prend aux épaules.

Si tu veux, nous pouvons jouer avec un radeau que nous connaissons. Un radeau de notre époque.

Et il désigne le château. Et puis le paysage, le ciel. Tous les visages.

Voilà notre radeau à nous, dit Louis. Et alors, comment le peindrions-nous ? Quels choix d'artiste ferions-nous pour évoquer ces trois années écoulées et même un peu plus ? Qu'en penses-tu, Sarah ?

Le regard de Sarah plonge dans celui de Louis. Se perd. Autour d'eux, le silence est parfait. Elle saisit chacune des mains de Louis. Après un long temps, elle murmure :

Ce ne serait pas facile. Mais je crois que là non plus, il n'y aurait pas d'accroche, pas de héros. Et je crois que là aussi, il y aurait comme une tension solidaire vers quelque chose.

Elle s'arrête. Reprend :

Il y ferait quand même plus sombre qu'aujour-d'hui.

- V -

Là-bas, vers le bout du champ, il y a les deux cyprès. Et marchant péniblement dans leur direction, les trois hommes.

Cédant à la tentation d'aller au plus court, ils ont choisi d'emprunter l'un des sillons, plutôt que de suivre le chemin en bordure.

L'amiral est au milieu, dans le creux. Le regard impassible et volontaire, visant loin, comme pour compenser sa posture en léger contrebas et, surtout, son incapacité à progresser sans le secours de ses compagnons.

De chaque côté, Fernand et Louis lui empoignent chacun un bras. Le remettent d'aplomb quand c'est nécessaire. Le laissent aller presque seul quand il en manifeste l'envie sur quelques mètres.

On dirait qu'il n'y a personne, dit l'amiral.

Ils rejoignent le petit cimetière familial.

Autour de la terre fraîchement retournée, on a disposé quatre piquets de bois reliés en leurs sommets par une cordelette.

Au centre, un grand schiste plat que l'on n'a pas encore gravé a été planté en pleine terre pour faire office de stèle.

L'ombre des cyprès s'allonge sur les tombes, celle de Syracuse et aussi les autres à proximité.

Une fois posté bien en face de Syracuse, avec les mains sur la cordelette, l'amiral laisse tomber les épaules. Louis et Fernand comprennent. Ils s'écartent.

L'amiral reste un long temps à fixer la stèle vierge de toute inscription.

Louis regarde vers la maison.

Il devine une silhouette ramassée qui, d'un pas lent et sûr, se dirige vers eux. Celle de la mère.

Louis sait que l'amiral attend la rencontre. Qu'il est venu pour ça. Pour ce besoin de faire face à ce regard de mère, et par là, de mesurer l'urgence ou la fragilité de son combat à lui.

Il la repère à son tour, d'un bref coup d'œil.

Fernand s'éloigne en direction d'un bosquet. Ramasse quelques épilobes.

Louis regarde l'amiral.

Il n'y a pas de douleur sur son visage. Plutôt de la lassitude. Presque de l'égarement.

Louis se dit qu'il a peut-être envie d'abandonner la lutte. Qu'il espère pour cela dans cette femme qui approche. Qu'il va s'en remettre à elle, à la force de ses arguments pour entériner sa décision. Que par la véhémence attendue de ses propos, que par sa souffrance de mère endeuillée par son fils mort, tous ses idéaux de combattant vont perdre leur consistance.

Et alors, les choses seront faciles.

Fernand s'agenouille, glisse un bras sous la cordelette, dépose doucement le bouquet d'épilobes au pied de la stèle.

L'amiral se retourne vers Louis, lui dit :

Tu vois, il me semble que là, nous n'avons pas le moindre pas à faire pour entrer dans la toile. Nous y sommes, c'est tout. C'est nous qui la composons. Il n'y a plus de questions à se poser sur ce qui sépare le réel de sa représentation.

« La Mort de Syracuse », murmure Louis, suggérant un titre pour l'œuvre évoquée par l'amiral.

Oui, c'est ça, dit l'amiral. « La Mort de Syracuse. » Et pourtant.

Un temps.

Et pourtant, reprend-il, il n'y a pas grand-chose de vrai dans ce tableau. Enfin, ce n'est pas qu'il soit faux. Disons qu'il y manque juste l'essentiel. Les cyprès, la pierre, les épilobes ne racontent pas grand-chose. Il faudrait rendre un peu de ce qui se cache au fond. Au fond de chacun. Donner à voir ce qui a été vécu, et ce qui s'est figé soudain.

Il fait silence. Puis ajoute :

Il faudrait pouvoir l'évoquer, cette femme qui approche.

Fernand part à sa rencontre.

Louis dit à l'amiral :

Tu n'as rien à te reprocher.

Oui, je sais, dit l'amiral. Enfin, pas plus ou pas moins que toi, et tous les autres.

C'est ça, dit Louis. C'est ce que je veux dire.

Louis voit Fernand rejoindre la femme. Lui faire une sobre accolade. Lui proposer sans succès de la soulager de son panier.

Enfin, elle est là. L'amiral s'est détourné de la tombe. Il lui fait face. Elle le regarde. Au visage, des rides profondes. Les yeux enfouis loin.

Elle passe derrière lui. Pose son panier. Attrape la boîte de biscuits en fer-blanc, renverse le contenu. Une dizaine de galets clairs. Elle dit :

Il les aimait bien. Il les avait ramenés de Nice.

Elle les dispose avec soin, à plat sur la terre meuble. Après, elle reste au sol, assise sur ses chevilles.

Elle dit que le pasteur est venu, vers midi.

Elle touche fébrilement chacun des galets.

Ça s'est passé, dit-elle.

Vous savez, commence l'amiral.

Oui, dit la femme. Vous devriez vous asseoir, surtout. Aide-le donc, Fernand.

Louis et Fernand installent l'amiral, tant bien que mal.

Tenez, dit la femme, c'est le papé qui m'a donné ça pour vous.

Et elle sort une bouteille. Sur l'étiquette, on a écrit à la main : pomme 55°. À chacun, elle donne un petit verre. Le remplit.

Les hommes boivent, silencieusement.

Il est encore bien vaillant, le papé, dit la femme.

Ça oui, appuie Fernand.

L'amiral a vidé son verre d'un trait. Il le tend à la femme. Le vide, le tend à nouveau.

Louis dit qu'ils vont s'en retourner au château. Que si elle a besoin de quoi que ce soit, bien sûr.

Fernand dit qu'il viendra la voir demain. Et qu'elle remercie bien le papé pour la bouteille.

Elle dit que ce sera fait. Qu'elle va rester là un moment. Que c'est une belle heure, pour être là.

L'amiral se relève. Sans l'aide de personne.

En claudiquant, il commence à s'écarter en direction du chemin. La tête à demi tournée, il prononce simplement : au revoir, Madame.

Quand Louis et Fernand le rattrapent, il refuse d'être soutenu.

Il fait soudain une pause. Les deux autres le regardent. Il a l'œil mouillé mais sa voix est claire :

Je repartirai demain.

*

De retour au château.

Les murs, les pierres, l'air qui les entoure. Tout est déjà redevenu comme avant. Comme tous les jours d'avant.

Plus rien de ce souffle, celui des voix d'hommes et de femmes assemblés pour l'occasion. Plus de chefs-d'œuvre à même l'herbe du pré ni de trace de ce cérémonial inventé pour eux. Plus rien non plus de toute cette bonne ivresse des sens.

Juste la torpeur du repu à l'achèvement des belles choses, comme posée là un peu partout.

Derrière, du côté des dépôts, plus personne ou presque. Louis finit quand même par apercevoir Michel-Ange, allongé dans le champ, un peu à l'écart. Il s'approche de lui.

Vous avez fait vite pour tout remballer, dit Louis.

Michel-Ange garde les yeux fermés. Il grogne, pour approuver.

Où sont les autres, demande Louis.

Michel-Ange hausse les épaules. Signifie qu'il n'en sait rien.

Louis s'éloigne de quelques pas. Il dit :
C'était une belle journée.
Grognement de Michel-Ange, qui ajoute :
Allez, va.

Derrière l'écurie, juste à côté du bassin, il y a le fil distendu par le poids du linge, accroché aux deux cerisiers.

Toine est assis sur le rebord, les pieds nus dans l'eau.

Il est occupé à remplir son seau de façon désordonnée, d'abord au moyen d'une pelle trop plate, puis plus efficacement en plongeant directement le seau dans l'eau du bassin.

Ensuite, il se met debout, le récipient à la main, accomplit quelques pas jusqu'à un grand pot empli de terre, adossé au mur de l'écurie. Il y verse le contenu du seau.

Ensuite, il plonge ses doigts dans le pot, en retire une boule de terre humide qu'il ramène vers le linge étendu, comme un trophée, les deux mains jointes en conque.

Avec application, il dépose la terre au sol, en la glissant sous le drap étendu. Puis retourne vers le grand pot afin de récupérer son seau. Et puis au bassin, pour remplir le seau à nouveau.

Louis observe le manège, les gestes qui se répètent, sans lassitude.

Elle, elle se tient surtout derrière le grand drap blanc qui touche presque le sol.

De temps à autre, il la devine qui ramasse les boules de terre confectionnées par Toine. Il la voit les plonger dans la bassine grise avant de s'en enduire longuement les mains. Et puis elle disparaît à nouveau derrière le drap.

D'elle, alors, Louis n'aperçoit plus que la silhouette portée par intermittence sur le tissu, en ombre chinoise.

Et les grands traits de terre à même le drap blanc, dessinés à mains nues. Avec douceur ou avec une sorte d'énergie rageuse, selon les fois.

Et Toine qui continue sa ronde, le bassin, le pot, le linge, le pot encore, le bassin.

Louis s'approche de lui.

Derrière le linge, Sarah ne peut pas le voir.

Il pose l'index sur sa bouche. Toine le regarde un instant sans comprendre. Et puis reprend sa rotation.

Au creux de ses mains, Louis recueille un peu d'eau du bassin. Accompagne Toine jusqu'au pot. Verse l'eau. Modèle aussi, sa petite boule de terre. Suit Toine en direction du linge.

Au sol, cette fois, ils ont déposé deux boules de terre.

Louis voit les mains de Sarah s'emparer des deux morceaux, sans se douter de rien.

La bassine, les mains enduites. Et la peinture sur le drap.

La deuxième fois, Louis n'a pas posé sa boule de terre au sol.

Il a glissé sa main sous le drap, avec la terre dans sa paume ouverte et immobile. Il a attendu.

Elle s'est approchée. Derrière.

Entre eux, entre leurs souffles, le drap peint.

Elle ne lui a pas touché la main. Il a senti sa main à elle venir peser sur la boule de terre. Il a senti leurs mains à tous les deux emprisonner la boule de terre avec douceur.

Et puis, elle l'a prise.

A continué à caresser le tissu de ses mains terreuses.

Après, Louis est passé de l'autre côté du drap.

Il l'a regardée faire. Elle ne lui a pas prêté attention.

Toine a continué à glisser trois ou quatre boules de terre. Voyant qu'elles restaient inutilisées, il a passé la tête sous le drap. A demandé pourquoi.

Elle lui a dit que celles-là, elles étaient pour lui. Qu'il avait bien mérité. Qu'il pouvait dessiner, s'il voulait. Qu'elle avait fini.

Alors, il a commencé à noircir de terre le bas du drap.

De temps à autre, l'enfant se retourne vers eux, quêtant un regard d'encouragement.

Ils sont assis l'un à côté de l'autre, au début sans même se toucher. Leurs regards captivés par les entrelacs de terre sur le tissu blanc. Avec, quand il faut, un bon sourire pour le petit.

Un peu plus tard, elle se serre fort contre lui.

Et puis son front s'échoue sur ses genoux à lui.

L'enfant ne se retourne plus vers eux. Repart même vers l'écurie.

Elle pleure. Lui aussi peut-être, vers l'intérieur de lui-même.

Il lui parle un peu de sa peinture à elle, sur le drap.

Il regrette toutes ces larmes perdues. C'est grâce à elles qu'il aurait fallu mouiller cette terre répandue sur la toile.

(en février 1944, un jour de neige)

C'est tout à fait comme ça qu'elle avait imaginé les choses, Sarah. Minute après minute, heure après heure, la réalité semble s'amuser à faire place à toutes les petites occurrences tant de fois déroulées, répétées dans la tête depuis des mois. Et du coup, forcément, il y a l'étrangeté de cette connivence, de cette intimité complice avec ce qui arrive.

Ce sera un mercredi soir.

Louis partira pour sa réunion hebdomadaire. Il aura salué Sarah avec légèreté. À tout à l'heure. Il montera en voiture, avec Fernand. Elle fera un petit signe de la main qui restera inaperçu. Et l'auto passera le porche, près de la chapelle.

Plus tard, elle se résignera à se coucher.

Elle gardera longtemps les yeux ouverts dans l'obscurité imparfaite. Son insomnie sera rythmée par la respiration apaisée de Toine. Tard, elle s'endormira.

Et puis après, juste avant que l'aube ne se laisse encore vraiment pressentir, il y aura ce choc soudain dans la poitrine.

Avec cette conviction horrible qu'il n'est pas rentré. Qu'il ne s'est pas couché à côté d'elle.

D'abord, elle ne fera rien. Elle maintiendra ses yeux clos. Et puis, très doucement, sa main glissera sous la couverture.

Elle ne rencontrera que le drap rêche et froid.

Les premières lueurs du jour commenceront à poindre. Plusieurs fois, son regard se sera posé sur l'autre moitié du lit. Vide et impeccablement bordée.

Le cœur se mettra à battre moins vite. Elle se dira voilà, c'est pour maintenant. Cela se passe en ce moment. C'est donc cette nuit.

Elle restera un moment là, allongée, à se parler à voix basse. À se répéter que voilà, c'est arrivé.

Elle se lèvera.

Elle aura froid. Elle réajustera l'édredon de l'enfant. Elle enfilera des habits au hasard, posera en plus un plaid poussiéreux sur ses épaules.

Elle se retrouvera dehors, dans la cour du château avec la nuit qui tarde à céder. Là, les choses lui sembleront différentes d'avant. Comme légèrement modifiées. Et pas seulement à cause de l'heure inhabituelle.

Elle fera quelques pas lents et désordonnés.

Elle n'avertira personne. Elle n'y songera même pas.

Elle continuera à se parler à voix basse.

Au bout d'un temps, elle ne pourra pas résister à la tentation d'aller vers lui, sans savoir où. Elle sortira du château. Commencera à descendre la petite route.

Au pied de la butte, elle rejoindra la patte d'oie.

Et tout s'arrêtera vraiment là. Avec ces deux routes qui se contredisent, cet itinéraire irrésolu qui la rappellera à l'impossibilité de sa quête.

Plus de route qui mène à lui.

Il ne rentrera plus.

Voilà. Rien d'autre.

La suite ne sera discernable qu'à l'instant d'être vécue. Alors, elle sera remise entre les mains de ce qui palpite encore.

Ce qu'elle n'a pas imaginé, Sarah, c'est cette neige en chute lente. Cette blancheur qui s'affirme partout, avec pudeur et autorité. Éblouissante avant même le jour.

Sarah lève les yeux vers le ciel. Elle se laisse fasciner par le ballet incessant des flocons destinés à venir toucher son visage immobile. À chaque impact, un peu de mouillé, fugitif. La vue qui se brouille.

Et puis la langue. Sortie au plus loin de la bouche pour en cueillir aussi, de cette neige trop sèche.

La poitrine se gonfle d'air silencieux.

Et laisse aller son cri.

Trois-Pommes du ponant
Conte épistolaire
S. Brault de Bournonville, 1999

La Manifestation
récit
Éditions du Petit Véhicule, 2001
La Dragonne, 2006

La Cime du regard
Chantier poétique
La Bartavelle, 2001

Tambour et peignoir incarnat
Éditions du Petit Véhicule, 2001

Des âmes en goguette
(photographies de Jean Choplin)
Éditions du Petit Véhicule, 2002

Léger fracas du monde
La fosse aux ours, 2005

L'Impasse
La fosse aux ours, 2006

Cairns, et autres fragments paysagers
pour marcheur en terrain pentu
La Dragonne, 2007

Apnées
La fosse aux ours, 2009

Cours nord
Éditions du Rouergue, 2010

Le Héros de Guernica
Éditions du Rouergue, 2011

Debout sur la terre
La Passe du vent, 2012

La Nuit tombée
La fosse aux ours, 2012

Les cargos glissent à l'horizon des rues
Cénomane, 2012

RÉALISATION : IGS-CP À L'ISLE-D'ESPAGNAC
IMPRESSION : CPI BRODARD ET TAUPIN À LA FLÈCHE
DÉPÔT LÉGAL : SEPTEMBRE 2013. N° 111879 (3001018)
IMPRIMÉ EN FRANCE